W9-BQM-661

TENSION EXTRÊME

Sylvain Forge

Tension extrême

Roman

Fayard

L'éditeur remercie Jacques Mazel pour sa contribution.

ISBN : 978-2-213-70495-1

Dépôt légal : novembre 2017

Le prix du Quai des Orfèvres a été décerné sur manuscrit anonyme par un jury présidé par Monsieur Christian SAINTE, Directeur de la Police judiciaire, au 36, quai des Orfèvres. Il est proclamé par le M. le Préfet de Police.

Novembre 2017

À Michel, Robert, Isabelle, Pascal et Anna, soutiens de la première heure,
À ma chère Betty, sans laquelle rien ne serait possible.

« Tout est connecté, tout est vulnérable. »

Marc Goodman,
Future Crimes (2015)

Prologue

Audric Pelland s'engouffra dans sa berline en maugréant. Son avion pour Barcelone décollait dans moins de deux heures, il était en retard. Peu après, la voiture remontait la rue des Usines à vive allure. Autour de lui, un paysage ferroviaire sans âme, la proche banlieue de Nantes. Manufactures et ronds-points s'enchaînaient ; les silhouettes des grues du port autonome s'estompaient dans le crépuscule.

Dépêche-toi, sinon tu vas le rater.

On était mercredi soir, le trafic était moins dense que d'habitude. Un panneau annonçait l'aéroport de Nantes-Atlantique, troisième sortie à droite.

Ça va le faire…

Il accéléra et le moteur de la BMW rugit alors qu'elle s'engageait sur le pont de Cheviré qui enjambe la Loire.

En s'élevant, la perspective s'élargissait, la ville était à ses pieds.

À moins de cent mètres, une caravane ralentissait la circulation, provoquant déjà un bouchon. Allure poussive !

Audric jeta un bref coup d'œil dans le rétroviseur et tenta sa chance. En doublant plusieurs voitures coincées dans le sillage de la caravane, son regard accrocha le gyrophare orange d'un véhicule de dépannage qui stationnait sur le côté droit.

Il avait songé à ralentir avant de le dépasser.

Au moment où l'homme d'affaires se rabattait, une douleur explosa dans son ventre. Par réflexe, son pied écrasa la pédale de frein, déclenchant le tête à queue de la BMW.

Ses mains s'agrippèrent au volant. Tout autour, le décor valdinguait. Il perçut encore le crissement des pneus, le bruit de la carrosserie qui se déchirait et celui des vitres qui éclataient. La suite se déroula trop vite pour que le cerveau d'Audric Pelland puisse enregistrer quoi que ce soit. La BMW glissa sur le toit avant de venir heurter la rambarde du pont.

Le conducteur resta suspendu tête en bas, accroché par la ceinture.

L'habitacle avait cessé de tournoyer.

Flottait une odeur d'huile, et son propre klaxon résonnait sans discontinuer. Le sang remontait dans sa gorge. Il voulut crier, mais seul un borborygme sortit de sa bouche. Alors, passé le choc de l'accident, la douleur se rappela à lui.

Une souffrance inexplicable lui dévorait les entrailles, les poumons et le cœur.

La voiture s'embrasa au moment où il perdait conscience.

En haut du pont, visibles à plusieurs kilomètres à la ronde, les flammes se reflétaient dans les eaux grises de la Loire.

1

Un bruit dans le noir l'avait tirée du sommeil. Isabelle se redressa. L'écran à cristaux liquides sur la table de nuit affichait 5 h 30. Immobile, elle observait les ombres qui couraient sur les murs de la chambre.

L'homme qui dormait à ses côtés se retourna.

– Désolée de t'avoir réveillé, murmura-t-elle d'une voix pâteuse.

– Ce n'est pas grave. De mauvais rêves ?

Elle hocha la tête.

Son compagnon se serra contre elle :

– Tu n'es pas seule, je suis là.

Elle répondit à ses caresses :

– C'est tellement important pour moi…

Une heure plus tard, il se levait pour faire du café. L'aurore perçait à l'horizon.

Jérôme la vit entrer dans la cuisine. Chemise blanche, tailleur sombre. Il éprouva un léger tressaillement. C'était vraiment une belle femme avec une silhouette élancée, entretenue par une pratique régulière du jogging. Quelques cheveux blancs perçaient sous la crinière blonde, cependant Isabelle faisait dix ans de moins que son âge.

– Quelle élégance, madame ! On dirait que tu embauches à la brigade financière.

Elle sourit tristement.

Pas vraiment le jour des blagues.

Deux heures plus tard, leur voiture se garait devant le funérarium de Rezé, une ville-dortoir au sud de Nantes.

À l'intérieur, Claire Mayet l'attendait, allongée dans son cercueil.

Maman...

Elle s'approcha de la dépouille, Jérôme la soutenait en serrant son bras.

Le visage de l'ancienne institutrice était paisible ; l'embaumeur avait bien fait son travail. Les stigmates de la maladie avaient disparu. Avec le temps, sa fille s'était habituée à son masque. Durant l'année écoulée, elle l'avait trouvée invariablement prostrée dans son fauteuil, dans la chambre de sa maison de retraite de la côte atlantique.

La dame au corps chenu fixait le jardin extérieur impeccablement entretenu. Isabelle avait préféré ce silence à la période antérieure, quand, affranchie de toute censure par Alzheimer, Claire avait lâché la bride aux aspects les plus refoulés et les plus désagréables de son caractère. Des souvenirs suant la haine étaient alors remontés à la surface, déversant des histoires invérifiables en flots continus où le père d'Isabelle tenait une bonne place. La vieille femme ne cessait de l'accabler de reproches, toujours en grimaçant. Sa fille trouvait ce procès bien injuste, mais elle avait préféré renoncer à comprendre et à lui faire entendre raison depuis longtemps.

Au cimetière, la brigade criminelle était presque au complet. D'autres collègues, nantais pour la plupart, étaient venus en nombre. En l'apercevant, le commissaire Damian, patron de l'antenne de police judiciaire, s'approcha d'elle :

– Toutes mes condoléances, Isabelle.

– Merci, monsieur.

– Vous tenez le coup ?

– J'essaye. C'est la fin d'un long calvaire.

– Un soulagement pour vous deux, j'en suis certain…

Après un silence respectueux :

– … Depuis quand était-elle malade ?

– Une quinzaine d'années.

– Alzheimer, quelle saloperie ! Mon prédécesseur m'avait dit que vous aviez quitté un poste de chef de groupe au 36 quai des Orfèvres pour venir vous occuper d'elle…

Cette évocation rappela à Isabelle son ancienne vie trépidante et fatigante par certains aspects, mais au final plus sereine. C'était avant que la réalité ne se rappelle à elle, brutale. Était venu le moment des choix, le moment de tirer un trait sur une carrière prometteuse.

Elle fixait le tas de terre à côté de la fosse.

– En effet, soupira-t-elle.

– Elle a eu bien de la chance d'avoir une fille comme vous.

– Les deux dernières années ont été terribles, elle ne me reconnaissait plus du tout.

Damian toussota :

– Les circonstances ne s'y prêtent guère, mais j'en profite pour vous annoncer que je quitte le service dans un mois. Mon épouse a enfin trouvé l'emploi qu'elle cherchait, un de ceux qu'on ne refuse pas. Comme c'est à Bordeaux, j'ai dû accélérer ma demande de mutation.

Elle releva la tête.

– Vous nous abandonnez déjà ?

Elle appréciait bien Damian. Ni plus ni moins carriériste que les autres, il avait toujours été à l'écoute.

– Je suis à Nantes depuis près de six ans déjà. Le couperet serait tombé, tôt ou tard.

Elle ne fit aucun commentaire.

– Et ce n'est pas tout, Isabelle. Figurez-vous que l'Administration m'a enfin trouvé un adjoint. Je devrais plutôt dire une adjointe. Deux ans qu'on l'attendait.

– Et qui sera votre successeur ?

– Vous ne le saurez pas avant le printemps prochain. D'ici là, ma jeune collègue va devoir gérer la boutique.

– Comment s'appelle-t-elle ?

– Ludivine Rouhand. Elle vient d'avoir 26 ans, et c'est son premier poste.

Oh non, une gamine !

– Elle sort juste de l'école des commissaires de police ? Beau challenge, si je puis dire.

Damian leva les yeux sur Isabelle.

– J'aimerais que vous soyez là pour l'aider à prendre ses marques. Vous connaissez le secteur et tout le service vous respecte. Elle ne pourrait pas trouver meilleure assistante.

– C'est au chef du groupe crime que revient cette tâche. Pourquoi m'en parler à moi ? Christian va se vexer.

Le taulier balaya l'argument d'un geste du menton :

– Christian Charolle a demandé une mutation au renseignement territorial. Il ne lui reste que deux ans avant la retraite, et je sais qu'il a envie de voir grandir son petit dernier. Je lui ai donné ma bénédiction, car j'ai en tête de le remplacer par un nouveau commandant pour la crime...

D'un sourire complice, il répondit à son regard interrogateur :

– ... Isabelle, il est temps que vous preniez votre galon.

2

Une semaine, déjà, que la commissaire Rouhand était dans la place.

Avec sa peau claire et ses cheveux bouclés, son visage paraissait à peine sorti de l'adolescence. Elle tentait de contrer cette impression de jeunisme en adoptant une tenue austère. Une beauté froide. Pourtant, Isabelle n'était pas dupe.

Une façade qui masque de l'appréhension ? Imagine-toi à sa place !

Certains patrons choisissaient de durcir leurs traits en se laissant pousser la barbe, mais la nature l'avait privée de ce subterfuge !

Isabelle avait passé la matinée et tout le début d'après-midi dans son bureau pour lui résumer les dossiers en cours. De sa nouvelle taulière, elle connaissait désormais l'essentiel. Célibataire sans enfants, des parents fonctionnaires à Limoges. Diplômée de l'IEP de Bordeaux, titulaire d'un Master 2, et brillamment reçue au concours de commissaire de police, un des plus durs de l'administration. La jeune femme était sortie troisième de sa promotion. Elle aurait pu choisir un poste moins exposé dans un état-major. Mais elle n'avait pas hésité à embrasser la police judiciaire : à ses yeux, la quintessence du métier.

– Combien d'homicides, l'an dernier ? demanda-t-elle.

– Quatre, madame.

C'est bizarre de l'appeler « madame », elle pourrait être ma sœur cadette.

– La plupart des dossiers sont intrafamiliaux ou liés à des bagarres entre pochetrons. Rien d'exaltant ! Certaines fois, nous sommes saisis pour des disparitions inquiétantes. Des voitures isolées sont retrouvées près de la Loire. On flaire le règlement de compte. De temps à autre, des jeunes s'évanouissent en sortant de boîte de nuit. Comme Nantes est traversée par le fleuve, les occasions de tomber à l'eau ne manquent pas, surtout avec un coup dans le nez.

Un gardien de la paix frappa à la porte :

– Pardon de vous déranger, commissaire, mais Hugo cherche à joindre la capitaine. Il y a urgence.

Isabelle devança la question de Rouhand :

– Le brigadier Hugo Esservia est notre agent spécialisé en Identité judiciaire. De quoi s'agit-il ?

– Un cadavre trouvé dans un domicile, fit l'homme. L'affaire est bizarre, si j'en crois les collègues déjà sur place.

Isabelle se leva.

– Je vous suis, lança la commissaire. Vous allez me montrer comment vous travaillez.

3

Une maison d'architecte sur la butte Sainte-Anne, un des quartiers les plus prisés de Nantes.

Isabelle se gara sur le trottoir devant l'entrée et rabattit son pare-soleil « POLICE ». La camionnette de l'IJ était là, des collègues de la sécurité publique gardaient les lieux.

La commissaire Rouhand sur les talons, Isabelle s'avança dans la demeure. Dans un grand salon, une baie vitrée offrait une vue superbe sur la Loire. On y apercevait les anneaux du quai des Antilles, la Maison Radieuse Le Corbusier à Rezé, et tous les rivages du fleuve qui s'étalaient de l'ancien village de pêcheurs de Trentemoult jusqu'à la silhouette du CHU à l'extrême gauche.

Dans la pièce, un homme gisait face contre sol. Deux techniciens de scène de crime tournaient autour, revêtus d'une combinaison stérile, charlotte sur la tête, paire de gants en nitrile et surchaussures.

Ludivine Rouhand fit un pas en direction de la dépouille.

Un des fonctionnaires releva le masque qui occultait sa bouche :

– Et les chaussons, cocotte, c'est pour les chiens ?

Isabelle toussota :

– Hugo, je te présente la commissaire, notre nouveau directeur adjoint.

Le visage de l'homme s'empourpra.

– Monsieur Esservia a son franc-parler, madame, mais vous noterez son professionnalisme.

Rouhand était tout aussi gênée.

– Désolée, je vous laisse travailler.

Isabelle tendit une paire de surchaussures à la jeune commissaire puis se tourna vers le technicien :

– Tu as une chance de te racheter. Tu nous présentes le boxon ?

Hugo posa son appareil photo sur le parquet.

– Les pompiers ont été appelés par la femme de ménage, c'est elle qui a trouvé le corps.

– Quelqu'un s'occupe de recueillir son témoignage ?

– Oui, le brigadier Jean-Michel Metivier. Pour l'instant, voilà ce qu'on peut dire. L'environnement est clean : pas de traces d'effraction, pas de présence d'armes à feu, ni bouteilles d'alcool ni barbituriques. Le cadavre est allongé sur le ventre, les bras repliés contre le sternum dans une attitude de boxeur, sans lésion traumatique apparente, et sans odeur de poudre non plus. Le visage est congestionné, la bouche grimaçante : ce type n'est pas parti en douceur. J'ai fermé les volets et on a passé toute la pièce au Luminol, ainsi que l'évier de la cuisine, la salle de bain et la cuvette des chiottes. Zéro trace d'hémoglobine.

– Une mort naturelle ?

Le collègue répondit par un mouvement de tête négatif :

– Vous avez manqué le médecin de peu, on a discuté un moment, et il convient qu'il existe un obstacle médico-légal à l'inhumation.

– Qu'est-ce qui peut justifier un OML ?

Hugo poursuivit :

– Il a relevé une tache suspecte sur la sclérotique des iris. Au vu de la déshydratation de l'œil, le décès serait survenu hier, en fin de soirée. Ça colle avec la rigidité du corps qui est complète. La mort serait due à une crise cardiaque…

Elle haussa les épaules.

– ... Une seconde, tu vas piger.

Hugo se dirigea vers un portefeuille rangé dans un sachet pour scellé judiciaire. Il en sortit une carte plastifiée, munie d'une puce électronique au recto.

Isabelle se pencha pour lire :

EPIOTRONIC
Porteur de stimulateur cardiaque

– Un pacemaker ?

– Exact, l'identité du porteur est au verso : Jules Pelland. Même patronyme que sur son permis de conduire trouvé dans la pièce. On a aussi dégoté un lot de cartes de visite à son nom. Tout concorde : Pelland est codirigeant d'*AI Climate*, à Nantes.

Isabelle jeta un bref coup d'œil à la commissaire qui fit la moue.

Une start-up. Nantes en compte des centaines.

– Dans la salle de bain, on a relevé plusieurs boîtes de Polutrexale, un immunosuppresseur utilisé pour prévenir les rejets de greffe. Pour moi, ça a fait tilt de suite.

– Quoi donc ?

– Tu sais que durant ma pause déjeuner, je vais souvent courir avec les gars de l'hôtel de police qui bossent au sein de la salle de trafic et de commandement. Hier, ils m'ont raconté l'histoire de cette bagnole qui s'est retournée sur le pont de Cheviré. Une BMW modèle sport qui a cramé aussitôt après. Un vrai gâchis !

– C'était dans le rapport de police ce matin, confirma la commissaire.

– Grâce à la plaque d'immatriculation du bolide, le chauffeur a pu être identifié. Il s'agissait d'un certain Audric Pelland.

– Merde, son frère ?

– Sans le moindre doute, et tu sais pourquoi. Ils ont la même date de naissance.

– Des jumeaux, donc !

Hugo était fier de sa trouvaille.

– Et il y a plus troublant encore. En rapprochant l'heure de l'accident et celle du décès de Jules, on remarque que les deux hommes sont morts exactement au même moment.

Un silence.

– Les décès simultanés de deux jumeaux, parfaitement synchrones, comment est-ce possible ? s'exclama Rouhand.

– À nous de le découvrir, conclut Isabelle. Et pour commencer, j'ai assez d'éléments pour appeler le procureur. L'affaire sera pour la PJ, sans aucun doute.

Hugo remit le portefeuille dans le sachet.

La commissaire jeta un coup d'œil sur le certificat que le médecin venait de signer juste avant leur arrivée. Avec au verso, la mention : « Cause de décès inconnue, enquête en cours ».

– Encore un truc que tu dois savoir, ajouta-t-il d'une voix sourde.

– Quoi donc ?

– Dans ce qui restait du corps carbonisé d'Audric Pelland, les pompiers ont fait la découverte d'un objet particulier.

– On t'écoute.

– Un stimulateur cardiaque.

4

Le notaire se leva et contourna son bureau pour venir serrer la main d'Isabelle.

– Désolé pour le dérangement, mais la dernière fois, j'ai oublié de vous remettre une lettre. Je pensais l'avoir classée dans le dossier de votre mère ; et elle a dû glisser et rester au fond de mon armoire.

– De quoi s'agit-il ?

Il lui tendit l'enveloppe. Celle-ci contenait une carte plastifiée et quelques feuillets sur lesquels figurait le logo de *Box Around*.

– C'est un garde-meuble situé près de la gare Chantenay. Votre mère y louait un cube de stockage depuis quelques années. Tout est là : le contrat de bail, le numéro du local et l'avance sur mensualités. Elle avait acquitté plusieurs années d'avance.

Isabelle était circonspecte :

– Pourquoi retenir un box ?

– Votre maman savait que la maladie allait s'aggraver et que, tôt ou tard, il lui faudrait vendre la maison pour pouvoir payer son entrée dans une structure spécialisée. Je pense qu'elle a voulu prendre les devants pour ne pas vous laisser une demeure pleine de vieilleries. Elle me l'a dit plusieurs fois.

Isabelle fixait l'enveloppe.

Un instant, elle songea à la femme que sa mère avait été, cultivée et douce, curieuse de tout, bien avant que le destin ne vienne tout saccager. C'est cette image qu'elle voulait garder d'elle, rien d'autre et surtout pas celle de la fin.

Une boule dans sa gorge.

Je ne peux toujours pas croire que tout est fini. Tu étais ma seule famille, maman.

Des secondes passèrent.

Le notaire restait assis, il attendait poliment.

– Elle était la gentillesse incarnée, murmura Isabelle, des sanglots dans la voix.

– Vous n'êtes pas obligée de vous rendre là-bas tout de suite, prenez votre temps.

Dans sa cuisine, Isabelle fixait le calendrier, songeuse.

– Tu n'as rien mangé ! Tu n'avais pas faim, ce soir ? demanda Jérôme en desservant la table.

– Non, pourtant c'était très bon, vraiment.

– Tu penses à ta mère ?

Elle hocha la tête.

– Je me découvre orpheline, autant qu'on puisse l'être. Enfant, j'ai souffert de n'avoir ni frère ni sœur, bien sûr. Mais je m'y étais habituée. Aujourd'hui, tout me revient en pleine figure. C'est dur… Je suis toute seule.

Ses yeux s'embuèrent.

Il s'approcha d'elle et lui déposa un baiser sur le front, avant d'ajouter :

– J'ai réfléchi à cette discussion que nous avons eue, l'année dernière. Je crois que j'aimerais bien, après tout.

Elle le dévisagea, surprise et ravie à la fois.

– Tu sais que j'aurai quarante-trois ans le mois prochain. J'ai regardé la courbe de fertilité des femmes, la quarantaine passée. C'est la plongée dans les abysses.

Il secoua la tête :

– Et après ? C'est juste maintenant ou jamais.

Ils s'embrassèrent et Isabelle le serra fort, elle ne voulait pas le laisser partir.

C'est le bon, celui-là. Il ne va pas se défiler comme les autres.

5

L'institut médico-légal se trouvait au service mortuaire du CHU de Nantes. Ce jour-là, Clotilde Bergère était de permanence. Cette femme d'âge mûr, restée mince grâce au sport, était une figure des lieux. En dehors de sa tenue de travail, casaque chirurgicale et pyjama de bloc opératoire, elle ne portait que des vêtements aux teintes grises ou sombres. Particulièrement réfractaire au « drôle » d'humour des flics, elle n'hésitait pas à les rabrouer.

Isabelle Mayet entretenait de bons rapports avec la praticienne ; il lui était même arrivé de courir une fois avec elle, le long de la Loire. Sous un abord glacial, la policière avait deviné une blessure secrète. Clotilde Bergère avait perdu son enfant unique à l'âge de trois mois. Peu de collègues connaissaient cette douloureuse histoire. Depuis, elle se vouait exclusivement à son travail, animant en parallèle le centre régional de référence des morts inattendues du nourrisson, rattaché au service de pédiatrie.

Les autopsies des jumeaux Pelland se déroulèrent l'une après l'autre.

Sur la table de gauche, le corps intact de Jules. Sur celle de droite, les restes calcinés d'Audric.

– Par qui commence-t-on ? demanda Bergère en enfilant son masque.

– Par Jules, si vous le voulez bien.

Le docteur retira les vêtements du mort et alluma son dictaphone. Un assistant prenait des photos.

– Pas de tatouage ni de prothèse apparente, aucune trace de lésion ni de traumatisme balistique.

Quand vint le moment d'examiner les différents organes, Bergère se pencha sur le cœur :

– Présence d'un stimulateur cardiaque dans une loge située sous la clavicule gauche, en avant du muscle pectoral. Un modèle de marque *Epiotronic*, muni de deux sondes. Il y a des traces de court-circuit, l'appareil est hors d'usage.

Elle pesa l'engin.

– Vingt grammes, j'ai vu plus miniaturisé encore.

Isabelle s'approcha :

– C'est vrai qu'il est en sale état !

Bergère opina avant de placer l'appareil sous une grosse loupe :

– Vous apercevez la pile sous le stimulateur ? Elle contient du lithium, c'est elle qui génère les impulsions électriques qui forcent le cœur à battre à un rythme régulier. Les sondes conduisent le courant jusqu'au muscle cardiaque.

– Elle a explosé !

– Je dirais plutôt que le stimulateur a disjoncté avec asystole immédiate. Je note également que le liquide présent dans la charge s'est répandu dans le cœur. Le lithium est un métal alcalin dont l'ingestion est toxique. Si cet appareil n'avait pas grillé, ce monsieur serait probablement mort empoisonné. Une lente agonie.

– Un pacemaker peut exploser ?

– Ça arrive bien dans les crématoriums, quand la famille oublie de signaler leur présence dans le corps d'un défunt ; les dégâts peuvent être importants.

Le cadavre d'Audric Pelland était dans un tout autre état.

Clotilde Bergère ralluma son dictaphone. Elle parlait d'un ton monocorde :

– Aspect effrité caractéristique des enveloppes humaines brûlées en profondeur (...) carbonisation massive sur toute la partie basse (...) la cage thoracique a aussi été touchée. Constatons la présence à l'œil nu d'un stimulateur cardiaque.

– Même marque… souffla Isabelle.

Le médecin jeta ses gants dans une poubelle.

– Les études toxicologiques devraient confirmer la présence massive de lithium dans la zone péricardique. Essayez de vous procurer le dossier médical des deux frères. Pour Jules, on pourrait soupçonner des problèmes de bloc auriculo-ventriculaire. Et puisqu'ils étaient jumeaux, ils souffraient peut-être des mêmes malformations congénitales ?

Isabelle rangea le carnet qui lui servait à prendre des notes.

– Comment expliquer que deux pacemakers disjonctent simultanément ?

Bergère sourit :

– Une panne, c'est rare, mais deux et au même moment, c'est incroyable. Je n'ai encore jamais rien vu de pareil.

6

La PJ occupait un des étages de l'hôtel de police de Nantes, un espace hypersécurisé avec porte blindée, lecteur de badges et caméras. En salle de réunion, l'équipe chargée de l'affaire Pelland était au complet : Isabelle, plusieurs officiers dont Charolle, le major Metivier et Hugo Esservia qui venait de rédiger son rapport technique.

La jeune commissaire trônait en bout de table, Isabelle à ses côtés. Le commandant Charolle lui avait laissé la direction de l'enquête, en raison de sa mutation prochaine.

Ludivine Rouhand prit la parole :

– Comme vous le savez, le parquet de Nantes a ouvert une information judiciaire pour homicide involontaire contre X. Concernant Audric Pelland, les témoignages relevés par la brigade accident confirment la brutale perte de contrôle de sa BMW, en haut du pont de Cheviré. Pour le moment, tout laisse à penser que les défibrillateurs trouvés dans les corps des victimes sont à l'origine de leur mort : deux pannes isochrones.

Hugo regardait Metivier du coin de l'œil. Son collègue n'avait pas l'air d'aller fort. Fiévreux ?

Pourvu qu'il ne nous refile pas sa crève.

La commissaire poursuivait :

– Dans son réquisitoire introductif, le parquet a demandé des expertises médicales complémentaires. Pour le moment, nous nous contentons des conclusions du rapport d'autopsie et de l'évaluation du chef du service de cardiologie et pathologies vasculaires au CHU. Selon lui, les jumeaux souffraient de la même malformation cardiaque.

– Il n'a pas traîné pour nous donner son avis, ajouta Isabelle avec une pointe de malice. C'est lui qui a opéré les frères Pelland ; il a implanté à chacun un modèle d'*Epiotronic*.

– Je vais l'entendre sur procès-verbal dès que possible, assura un collègue.

– Ok, fit Isabelle, mais attendons d'avoir plus de billes. L'hypothèse la plus probable, c'est celle d'un vice de construction. Si cette piste ne donne rien, alors on s'intéressera aux méthodes opératoires du chirurgien.

– Tout de même, ajouta un policier, se tromper à deux reprises, quand on est un cardiologue réputé, ce n'est pas un peu gros ?

Les autres approuvèrent.

– Il y a pourtant une explication logique à ce mystère, répondit Isabelle. Et nous n'avons pas élucidé le plus troublant...

– ... la détérioration simultanée des deux appareils, compléta logiquement la jeune commissaire.

Un silence pesant tomba sur le groupe.

Isabelle reprit :

– Commençons par le domicile d'Audric. Il s'est peut-être passé quelque chose dans l'installation électrique de sa maison ? Contactez EDF pour voir si un incident est survenu dans le quartier, cette nuit-là. Pour le voisinage, on a quelque chose ?

Charolle fit un signe du menton. C'était l'archétype du flic d'expérience, taiseux comme un Breton, mais dont chaque remarque était pertinente. Sa barbe tirait sur le roux. Il avait refait sa vie sur le tard, et la naissance d'un petit garçon lui avait donné le supplément d'énergie nécessaire pour affronter les deux années qui le séparaient de la retraite.

Il jeta un bref coup d'œil sur ses notes avant de répondre :

– Audric habitait un appartement dans l'hypercentre, on a prévu d'y faire un saut, demain au plus tard. Lui et son frère ne sont pas défavorablement connus. Fils de bonne famille, engagés dans les affaires et membres respectés de la sphère économique locale, ils géraient tous les deux une entreprise installée à Nantes : *AI Climate*. Elle conçoit des logiciels pour prédire la météo, à en croire leur site internet.

– Ils ont un entourage, ces jumeaux ?

– Pas d'épouse ni d'enfants pour Jules, mais Audric laisse une veuve. C'étaient tous les deux des bourreaux de travail et probablement des petits génies. Leur société a décroché un tas de prix, en France comme aux États-Unis.

Charolle fit glisser sur la table les photocopies d'un article de *La Tribune,* intitulé : « À Nantes : une intelligence artificielle pour prédire les changements climatiques ».

– Le texte date de trois mois. L'entreprise aurait tapé dans l'œil de la *FEMA* américaine.

– C'est quoi ? demanda Hugo.

– La *Federal Emergency Management Agency,* une espèce de sécurité civile qui gère les catastrophes naturelles. On en a beaucoup parlé en 2005, lors du passage de l'ouragan Katrina sur La Nouvelle-Orléans. La *FEMA* avait lamentablement foiré et depuis, elle tente de mieux anticiper les crises en rachetant des savoir-faire, partout dans le monde.

La commissaire tourna la tête vers Isabelle :

– Qu'est-ce que vous proposez ?

– Ces frères Pelland n'étaient pas n'importe qui. Je suggère un passage au siège d'*Epiotronic* puis à celui *d'AI Climate*. Il faudra aussi entendre la veuve.

L'équipe quitta la salle, Isabelle accompagna Ludivine jusqu'à son bureau.

Quand la porte fut refermée, elle osa :

– On peut appeler le juge d'instruction ensemble, si vous voulez. Vous verrez les points à souligner.

Le soulagement se lut sur le visage de Rouhand.

Hugo retrouva le major Metivier devant le distributeur à café :

– Tout va bien, Jean-Michel ?

– Oui, pourquoi ?

– T'es pas dans ton assiette depuis un moment.

Reprenant, comme celui-ci ne répondait pas :

– T'es malade ?

– Non, juste des soucis à la maison.

L'épouse de Jean-Michel était avocate dans un grand cabinet de la place nantaise. Fille d'un industriel de l'agroalimentaire, catholique bon teint, elle s'était depuis peu rapprochée d'un courant politique dont plusieurs responsables bénéficiaient d'un portefeuille ministériel dans l'actuel gouvernement. Hugo savait que son collègue souffrait d'un profond complexe d'infériorité. L'avocate était autoritaire et ses propres enfants le devenaient chaque jour un peu plus à son égard. Depuis des années, le père de famille endossait le rôle de victime.

– On peut se faire une croque cette semaine, ça te changerait les idées.

L'autre secoua la tête :

– C'est sympa, Hugo, mais pas cette fois-ci.

Il s'éloigna dans le couloir sans se retourner.

7

La société *Epiotronic* exerçait en périphérie de Nantes, dans une ruelle discrète de l'ancien village ouvrier du Bas-Chantenay. Le port autonome avec ses grues et son imposant silo céréalier était à deux pas. La PME était le principal distributeur en France du leader mondial de prothèses implantables en cardiologie. Philippe Hervieux, le gérant, professeur de médecine à la retraite, reçut le commandant Charolle dans son bureau. Il était très affecté, ce qui ne surprit guère le policier.

Si tes pacemakers perdent la boussole, tu peux mettre la clef sous la porte.

Hervieux bafouillait :

– C'est une tragédie, je suis atterré.

– Vous confirmez que c'est bien *Epiotronic* qui a fourni les deux stimulateurs cardiaques aux frères Pelland.

Hochement de tête accablé.

– Je les connaissais personnellement, c'étaient des amis, nous fréquentions le même club d'entrepreneurs nantais. Je me sens à la fois coupable et totalement stupéfait. Nos produits sont certifiés par les normes les plus exigeantes. En quinze ans, je n'ai jamais eu le moindre problème avec notre fournisseur.

Charolle songea aux photos extraites du rapport d'autopsie.

Ils ont disjoncté grave. Je n'aimerais pas me balader avec ça dans le plastron. Une grenade dégoupillée à retardement, si on peut dire !

Hervieux s'essayait à sa défense, fébrile :

– Tous les composants de ces appareils, des boîtiers étanches en titane, ont été minutieusement assemblés en Allemagne puis vérifiés à de multiples reprises. On compte près de soixante mille porteurs rien qu'en France, dont un bon tiers bénéficie de la marque *Epiotronic*. Cet accident est horrible et sans précédent.

Le vieux plongea la tête dans ses mains. Il semblait sincère.

– Aucun signe avant-coureur ?

– Je n'ai jamais reçu de réclamation de la part de Jules ou de son frère. Pour ce qui est du suivi des patients après l'implantation, il relève d'un praticien rythmologue.

– Revenons à vos engins, soupira Charolle.

– La dernière génération est équipée de fonctions de télémédecine.

– Vous pouvez préciser ?

– Ils sont « intelligents », c'est-à-dire qu'ils sont capables de détecter et de corriger tout seuls des problèmes techniques ou des incidents, comme des troubles du rythme cardiaque. Tout est automatisé. En cas d'alerte, le médecin est prévenu directement sur son téléphone.

– Son téléphone ?

– Oui, par SMS crypté. Mais uniquement en cas d'urgence. En temps normal, les données émises par nos prothèses sont recueillies par un boîtier transmetteur installé au domicile du patient, puis acheminées sur un site internet.

Charolle se pencha en avant :

– Si je fais examiner ce transmetteur, je pourrais obtenir des renseignements ?

– L'information que vous cherchez se trouve dans un serveur, au siège du groupe.

– C'est compliqué pour y accéder ?

Hervieux soupira :

– Je l'ai déjà fait. J'avais besoin de comprendre.

Il se leva et partit ouvrir un tiroir sous son bureau. Il revint avec deux feuillets.

Charolle en examina le contenu.

– Pour moi, c'est du charabia. Quelles sont vos commentaires et conclusions ?

Le professeur parla d'une voix sourde :

– Aucune anomalie détectée.

– Ces engins ont donc toujours parfaitement fonctionné ?

– C'est ça.

– Jusqu'à ce qu'ils cessent brutalement de le faire… et qu'ils explosent !

Hochement de tête du gérant, toujours dépassé par ce mystère incompréhensible.

– Le jour du crash, que dit le relevé ?

– Le serveur a noté le moment précis où les appareils ont interrompu leur transfert de données. Tout s'est brusquement arrêté, le six décembre dernier, à vingt et une heures dix.

– Donc, vous confirmez notre hypothèse ?

– Les deux pacemakers ont cessé de fonctionner, à la seconde près.

8

Alice Pelland tendit lentement la main pour saisir le gobelet de café que lui offrait Isabelle. Elle était venue accompagnée d'un homme qui la soutenait affectueusement, Rémi Delorme.

Chacun avait été entendu séparément avant de signer son procès-verbal. Désormais, on y voyait un peu plus clair.

AI Climate avait été fondée par le père de Rémi Delorme, polytechnicien devenu entrepreneur. Son affaire était spécialisée dans la prévision des catastrophes climatiques ; elle utilisait une intelligence artificielle capable d'analyser de vastes quantités de données. Ce passionné avait disparu subitement, victime d'une embolie pulmonaire. Son fils s'était révélé piètre gestionnaire. La start-up familiale aurait sombré si les jumeaux Pelland ne s'étaient fortement investis dans l'affaire.

Isabelle avait longuement parlé avec le fils du fondateur :

– Que va-t-il se passer pour vous, désormais ?

– C'est un cauchemar qui se répète, geignit-il. L'entreprise perd à nouveau sa direction. Mon père d'abord, puis Jules et Audric maintenant. Ils étaient si brillants, notre société était en pleine croissance…

– Qu'en est-il du capital ? Vous reprenez la tête d'*AI Climate* ?

Rémi Delorme secoua la tête :

– Je ne possède que vingt pour cent des parts. Alice héritera de celles de son mari et de celles de son beau-frère. Je ne sais pas ce qu'elle va décider, elle ne s'intéresse pas aux affaires. Nous allons bien trouver une solution. Mon père a inventé la technologie *AI Climate*, elle ne doit pas disparaître. J'épaulerai Alice comme je peux.

Isabelle ouvrit son carnet de notes, elle cherchait un commentaire émis la veille, lors de la réunion de groupe.

– La presse parle d'une proposition de rachat d'*AI Climate* par la *FEMA* américaine, vous y pensez ?

Delorme esquissa une grimace :

– Tant que je serai en vie, cette société restera à Nantes. Pas question de nous vendre aux Américains.

Isabelle le regardait.

Et si la veuve décide de se débarrasser de la boîte pour empocher le magot et tourner la page, que feras-tu ?

– Vos associés avaient-ils des ennemis, des dettes ? J'ai posé la même question à madame Pelland.

– Qu'a-t-elle répondu ?

– C'est vous que j'interroge.

– C'étaient des hommes sans histoire.

– Vous aviez de bons rapports avec eux ?

– S'ils n'avaient pas investi dans la société après la mort de mon père, l'entreprise ne serait plus là. Je leur dois tout.

Après avoir raccompagné la veuve et l'associé à l'accueil, Isabelle profita de la commission rogatoire pour rédiger une réquisition judiciaire adressée aux services fiscaux. Une consultation du FICOBA, le fichier des comptes bancaires, lui permettrait d'identifier ceux dont Rémi Delorme avait la signature. Elle voulait savoir si l'homme était riche ou criblé de dettes.

Le soir venu, dans sa cuisine, Isabelle achevait de disposer le couvert. Elle mit un plat congelé au four. Jérôme n'allait pas tarder à rentrer. Elle se leva, marcha vers son sac à main et récupéra à l'intérieur un test de grossesse. Elle entra dans les toilettes et sortit la tige absorbante. Bientôt, le résultat s'afficha en toutes lettres.

9

Ludivine Rouhand se recula dans le fauteuil de son bureau avec, sous les yeux, les derniers procès-verbaux. Un peu en retrait, Isabelle agitait pensivement une mèche de ses cheveux. La commissaire lança :

– Si ces deux pannes sont préméditées, il faut bien un mobile pour les déclencher ?

– Il y en a toujours un. Le meurtre absolument gratuit n'existe pas.

– Tous les fils, si l'on peut dire, autour de ces pacemakers n'ont pas été tirés, il faut continuer.

La capitaine pointa un feuillet sur le bureau :

– Hugo a contacté ce matin l'Office Central de lutte contre la Criminalité informatique ; un collègue lui a conseillé de rencontrer un ancien officier de l'armée de terre, devenu enseignant à Saint-Nazaire. Son école forme des ingénieurs. J'ai regardé sur internet, le gars a un palmarès impressionnant. Expert en cryptanalyse et en cyberdéfense, il devrait être de bon conseil.

– Et une défaillance technique des deux appareils, répliqua la commissaire, c'est impossible ?

– Le CHU a déclenché une enquête interne, et le chirurgien qui a opéré les jumeaux a été entendu. C'est un grand professionnel qui n'a jamais connu d'incident en vingt ans de métier. Quant à la maison mère qui fournit *Epiotronic*, je n'ai trouvé sur internet aucune trace de scandale. Je suggère de concentrer notre attention sur une piste « externe ».

En tant qu'investigateur en cybercriminalité, Hugo avait été chargé de rencontrer Jean-Louis Amar, le directeur du centre de recherche de l'École Nationale d'informatique et de sécurité des systèmes d'information. Grand et sec, ce dernier portait des cheveux coupés ras, réminiscence de son passé dans l'armée. Fort de plusieurs années d'expertise en virologie informatique, il transmettait désormais son savoir et son expérience aux élèves de son école. L'ENISSI faisait peu de publicité, mais ses diplômés n'avaient aucun mal à dégoter une place dans le privé.

Sur un mur du bureau de Jean-Louis Amar, une citation d'un général d'armée mettait en garde : « Une clef USB infectée dans un environnement stratégique peut faire plus de dégâts qu'une bombe de 250 kilotonnes ».

Hugo lui résuma rapidement l'affaire. Il avait disposé devant lui les deux pacemakers très abîmés, particulièrement celui qui avait brûlé dans la BMW.

Les yeux d'Amar s'étrécirent :

– Que voulez-vous savoir, exactement ?

– Ces deux prothèses ont dysfonctionné au même instant, à plusieurs kilomètres de distance. Comment une telle chose est-elle possible ?

Il prit une loupe dans un tiroir et examina celui qui n'avait pas brûlé.

– C'est un appareil connecté ?

– En effet.

– Vous comprenez ce que ça signifie, j'imagine.

Hugo crut bon de préciser :

– La prothèse cardiaque transmet en continu à une application web les informations qu'elle enregistre.

Sur un ton qui devait sûrement agacer ses élèves, le professeur ajouta :

– N'importe quel objet connecté à internet peut être repéré. S'il possède un système d'exploitation, il peut être piraté. Les données qui se propagent sans fil sont vulnérables par définition. Muni d'une petite antenne, avec un simple ordinateur portable, un hacker peut prendre à distance le contrôle d'un engin relié à internet.

– Mais comment, en l'espèce ?

Il haussa les épaules tellement la réponse lui semblait évidente :

– En intervenant sur la pile, il peut arrêter la prothèse ou provoquer une décharge mortelle.

Hugo se redressa sur son siège :

– Vous pourriez le découvrir en analysant ces deux pacemakers ?

– Peut-être. Laissez-moi vous montrer un truc.

Le directeur se leva prestement avant d'aller chercher la plaquette d'un symposium qui s'était tenu à Montréal l'année précédente. Des articles de presse figuraient dans la présentation.

Amar releva l'un d'eux, daté de 2013 :

Dick Cheney a désactivé son pacemaker pour éviter un attentat terroriste

Dans l'éventualité d'une attaque à distance contre sa personne et sur proposition du directeur du FBI, Dick Cheney a fait désactiver la fonction sans fil de son stimulateur cardiaque durant son man-

dat de vice-président des États-Unis. À 72 ans, l'homme a déjà subi plusieurs attaques et un quadruple pontage coronarien.

– Vous avez entendu parler de « l'internet des objets », n'est-ce pas ?

– Ces frigidaires qui vous disent qu'il est temps d'aller faire vos courses ?

– C'est beaucoup plus sérieux que ça, à vrai dire. On estime que dans vingt ou trente ans, il y aura cinquante milliards d'objets connectés sur la planète. Ce sera le cas des voitures, par exemple. Le gros souci, c'est que pour le moment, aucune sécurité n'est prévue pour ces gadgets. Et je ne vous parle pas des centrales nucléaires ou des barrages hydrauliques surveillés par internet, « sous contrôle », comme on dit ! En injectant quelques lignes de code destinées à exploiter la vulnérabilité d'un système automatisé, on peut faire dérailler un train ou plonger une ville dans le noir.

Quelques minutes plus tard, Amar serrait la main du policier.

– Mes techniciens vont se pencher sur ces deux engins capricieux ; je dois dire que vous avez piqué ma curiosité. J'espère sincèrement qu'il s'agit d'une panne.

– Ce n'est pas l'hypothèse préférée du juge, fit Hugo.

Le visage de l'ancien militaire venait de s'assombrir.

– Si un criminel a pu exécuter à distance ces deux pauvres gars, allez savoir de quoi il est encore capable.

10

La commissaire Rouhand s'inquiétait des titres de la presse régionale. L'affaire des jumeaux commençait à faire du foin.

– J'ai déjà reçu plusieurs demandes d'interviews de journalistes, soupira-t-elle en regardant Isabelle qui venait de la rejoindre dans son bureau.

– Une information est ouverte, laissez le juge gérer la crise.

– Pour ma première enquête, me voilà servie. Et comme une bonne nouvelle n'arrive jamais seule, l'accueil vient de m'appeler. Il y a en bas une délégation de *Hygie Hertz Medical*, le fabricant allemand des stimulateurs cardiaques. Un couple tiré à quatre épingles.

– Qu'est-ce qu'ils veulent ?

– J'imagine que l'écho donné par cette affaire dans la presse les inquiète. Si les deux appareils sont défectueux, leur groupe va devoir gérer la crise. Et comme il est coté à la bourse de Francfort, les conséquences financières ne tarderont pas à se faire sentir.

– Si vous voulez mon opinion, ces financiers sont bien plus difficiles à gérer que des journalistes.

– De toute façon, à ce stade, rien ne permet d'incriminer leur appareil.

– Moins ils en sauront, mieux ça vaudra, conclut Isabelle.

En sortant du bureau, la capitaine reçut un coup de fil de Jérôme, son ami.

– J'ai quitté le musée un peu plus tôt, je t'enlève ?

– Quelle bonne idée, Don Juan, j'ai besoin de changer d'air !

Quelques minutes plus tard, sa moto se garait devant l'hôtel de police. Il lui tendit un casque et elle grimpa derrière lui. Ils roulèrent à travers la ville, puis longèrent la Loire. À hauteur d'un ponton d'où la vue était belle dans le crépuscule, Jérôme coupa le moteur.

– Dure journée ?

– Pas plus que les autres. Et toi ?

– Deux classes à se farcir, je frôle la migraine.

Son ami était guide et conférencier au musée Jules Verne.

Elle l'embrassa.

Jérôme paraissait préoccupé :

– Tu aurais pu m'en parler, tout de même.

Elle le dévisagea, surprise.

– J'ai trouvé le carton du test de grossesse, dans la poubelle.

– Je vois ! Quel policier vous auriez fait, très cher ! Le résultat est négatif, si tu veux tout savoir.

– D'accord, je comprends mieux ton silence. On essayera encore, pas de problème.

Elle était dubitative :

– Désolée de te rappeler encore les statistiques, mais la fertilité des femmes chute d'au moins 25 pour cent entre 35 et 39 ans. Si on souhaite y arriver, ce n'est pas le moment de chômer.

– J'ai connu besogne plus pénible, dit-il en riant.

Elle l'enlaça :

– Tu as raison : c'est maintenant ou jamais.

11

Isabelle retrouva Charolle, son chef de groupe pour quelques semaines encore, dans la salle de réunion.

– Tu voulais me voir ? demanda-t-elle.

– Je serai bientôt en congé, pour un petit moment.

– Tu ne nous quittes pas déjà, quand même ?

– Je vais écluser quelques jours de mon compte épargne-temps. J'ai un paquet de choses à faire à la maison, et ma femme ne m'a pas trop vu ces derniers mois. Sans parler de Kevin : du haut de ses quatre ans, j'ai peur qu'un jour, il ne m'appelle tonton au lieu de papa.

– Je n'arrive pas à croire que tu vas quitter la brigade.

– Mon nouveau service se trouve à l'étage en dessous, on ne devrait pas trop se perdre de vue. Mais avant de mettre les bouts, j'aimerais que cette enquête continue sur de bons rails. Un dernier truc qu'on pourrait sonder ensemble.

– Notre ultime sortie ?

Il sourit :

– Peut-être bien. Tu es partante ?

– Évidemment et si tu veux savoir, j'apprécie ta courtoisie. Tu me laisses tout driver alors que, sur le papier, je ne suis que ton adjointe.

Il grommela dans sa barbe, gêné.

Elle songea : *Un type bourru, au cœur d'or. Tu vas me manquer, salopard* !

– Tu te souviens quand tu as débarqué de Paname ? On était quelques-uns, moi le premier, à t'attendre au tournant. La super flic qui vient nous apprendre notre métier. Mais tu l'as joué modeste, tu as accepté d'être mon adjointe alors qu'au « 36 », tu étais chef de groupe. J'ai apprécié. Le reste fut à l'avenant…

Avant de dévoiler des sentiments personnels :

– … T'es une fille bien, Isabelle. J'espère que ça va marcher avec Jérôme.

Elle sentit une pointe d'émotion.

– Bon, tu accouches ?

Il toussota :

– J'ai repensé à ce que nous a raconté Hugo à propos de son passage à l'ENISSI, sur cette histoire de piratage informatique. Hacker des pacemakers, c'est trop dingue. Un type capable de liquider froidement et à distance deux gars ne peut en être à son coup d'essai. Il a sûrement déjà fait parler de lui.

– C'est juste.

– J'ai interrogé nos fichiers en me concentrant sur les bidouilleurs en informatique, et j'ai relevé deux profils intéressants.

– Lesquels ?

– Le premier concerne Julien Griffon, trente-cinq ans, ancien prof de maths dans un collège. Il loge à Beaulieu dans une tour HLM.

– Un bon client ?

– La brigade de protection de la famille a un dossier sur lui. Le parfait beau gosse qui sait cultiver son apparence et faire craquer les midinettes. C'est aussi un voyeur patenté. Il y a quatre ans, le gaillard a installé une cybercaméra dans le vestiaire pour filles d'une salle de sport, dans l'enceinte même du collège où il enseignait. Le dispositif était très sophistiqué ; l'engin était alimenté par une pile solaire située le long d'une gouttière et reliée à un ordinateur par un système de communication sans fil. Il n'a été démasqué qu'au bout de plusieurs mois. L'établissement a obtenu sa démission, mais n'a pas porté plainte par peur du scandale. Aux dernières nouvelles, il bosse pour une boîte qui fait du soutien scolaire.

– Ce n'est pas trop connoté « mœurs » comme profil ? Pourquoi s'attaquer à des jumeaux quadragénaires, si d'ordinaire il cible des jeunes filles ?

– Attends la suite, ma jolie. Avant de faire réviser nos chères têtes blondes, il a bossé dans l'intérim pendant trois mois. De petites prestations dans l'informatique. Tout à l'heure, je suis passé voir l'agence qui l'employait, quai de la Fosse. Tu sais où il est intervenu en dernier ? Au CHU de Nantes. Voilà un mec qui maîtrise les réseaux sans fil et qui a traîné dans un bâtiment où se trouve une unité de cardiologie, là où les jumeaux ont été opérés… Qui peut deviner ce qu'il a pu y fabriquer ? Tu connais les hôpitaux français, c'est pas Fort Knox.

– Pas mal. Et le second dossier ?

– Yannick Jadas. Il y a six ans, la police l'a interpellé à Nantes. Elle le suspectait d'avoir monté des canulars en ciblant des adeptes de jeux vidéo en ligne. Son truc, c'était d'usurper leur numéro de téléphone puis d'appeler les flics pour les convaincre d'intervenir chez eux, au prétexte qu'ils auraient commis un crime. Jadas jubilait en voyant ses victimes menottées en direct, sous les yeux de milliers d'abonnés à une plateforme de streaming.

– Bon, on commence par qui ?

– Hugo et un collègue peuvent se charger de Julien Griffon. Moi, je te propose Jadas. Je n'aime pas qu'on se paye notre tête, surtout dans le contexte actuel.

– Il habite où, ce monsieur ?

Christian Charolle lui fit un clin d'œil :

– Dans un endroit délicat. On ne sera pas trop de deux pour lui rendre visite.

12

La Peugeot 207 du service se gara à l'entrée d'un collectif d'immeubles défraîchis, une zone HLM à l'ouest de Nantes.

Christian et Isabelle étaient nippés couleur locale : jean, paire de tennis et sweat-shirt, capuche rabattue sur la tête. En sortant de la voiture, le commandant récupéra un petit sac à dos dans le coffre. Ils prirent la direction d'un passage maculé de tags. Des poubelles formaient un gros tas au pied d'un platane.

– Quand je suis arrivé, murmura Christian, cet endroit hébergeait un collectif autogéré qui se nommait « Barbelure ». Avec le temps, l'association a viré anarchiste et, désormais, les petits dealers profitent de cette zone « interdite aux keufs » comme d'un sanctuaire.

– C'est la première fois que j'entends parler de cet endroit.

– Justement, sois prudente. On trace jusqu'à l'appartement de Jadas et on prend la température.

– J'aurais préféré venir lui passer les menottes.

Ils croisèrent deux jeunes. Isabelle baissa la tête pour dissimuler ses traits.

Un escalier sur la droite. Des taches sur les marches, une odeur fétide.

– Un petit détail qui a son importance, souffla-t-il. Avant qu'il ne parte au placard pour trois mois fermes, Jadas était adepte de *free-running*, il jouait les acrobates en sautant au milieu des toits. Espérons que la prison l'a rouillé et qu'il ne nous filera pas entre les doigts.

Isabelle flatta l'embonpoint de Charolle.

– J'ai compris pourquoi tu voulais que je t'accompagne.

Il monta le premier. Les sweats dissimulaient idéalement leur gilet pare-balles.

– Comment peux-tu être sûr qu'il est là ? objecta Isabelle.

– Avant de t'emmener, j'ai contacté un informateur qui travaille pour le bailleur social. Il existe toujours dans l'immeuble un contrat de location à son nom et, à cette heure, on devrait le choper à la descente du lit.

Au dernier étage, la porte de l'appartement qui les intéressait se trouvait au fond du couloir.

Le commandant frappa avec énergie.

Silence.

Nouvel essai, enfin suivi de bruits de pas.

Un jeune homme, hirsute et en caleçon, entrouvrit la porte. Son visage se cachait derrière un entrebâilleur en acier.

– Z'êtes qui p'tain ?

– C'est la police, on a des questions à te poser.

Charolle scruta la pièce par-dessus l'épaule du garçon :

– T'as un sacré paquet d'ordinateurs, dis-moi…

– Ok, une minute que je m'habille.

Il allait refermer la porte quand Charolle la bloqua avec le bout de son pied.

Le locataire disparut brutalement de leur vue.

Jadas attrapa un jean et un tee-shirt. Sans prendre le temps de se chausser, il se rua sur l'ordinateur qui émergeait d'un agglutinat d'unités centrales. Sur l'énorme écran plat, il pointa le curseur sur une icône rouge réservée aux coups durs. Dessus figurait le mot : **ERASER**.

Magne !

Il cliqua fébrilement.

Voulez-vous effacer définitivement les données de votre disque dur ?

– Ok ! Vite, vite !

Initialisation : 5 %

Charolle gueulait à travers l'ouverture :

– Nous fais pas attendre, on n'a pas toute la journée !

Processus en cours : 20 %

Yannick Jadas ouvrit la fenêtre de l'appartement et, sous les regards sidérés des policiers, se jeta dans le vide.

– C'est pas vrai, il vient de se foutre en l'air ! Pousse-toi, Isa.

Le commandant prit un peu d'élan et se lança contre la porte. L'entrebâilleur fut arraché dans un craquement sec.

Processus en cours : 42 %

Charolle se précipita vers la fenêtre. La silhouette souple du jeune s'échappait sur un toit gravillonné, trois mètres en dessous.

– Il est pour toi, Isa, lança l'officier avant d'examiner l'ordinateur.

La capitaine grommela avant d'enjamber le rebord de pierre, de s'accrocher avec les mains puis de se laisser tomber de sa hauteur. Elle roula au sol et se releva aussitôt. Jadas courait vite, sa silhouette disparaissait déjà derrière une cheminée.

À l'intérieur, Charolle remarqua la barre de progression sur l'écran.

Processus en cours : 78 %

Sa main plongea sous le bureau, saisit à pleine poignée un tas de câbles qu'il retira brutalement. Une multiprise valdingua et l'écran devint noir.

Isabelle courut jusqu'au bout du toit. Sur un échafaudage, Jadas bondissait d'une planche à l'autre avec une agilité incroyable. Elle se lança à son tour, fit vaciller la plateforme en atterrissant dessus, puis s'aida d'une corde suspendue à une poulie pour se laisser descendre vers le niveau inférieur.

Le jeune sauta au-dessus du vide, en direction d'une échelle accrochée à un vieil immeuble ; elle rappelait ces escaliers de secours qu'on trouve dans le Bronx, à New York.

Isabelle transpirait, son gilet lui comprimait la cage thoracique et l'air lui manquait. Elle était en train de se faire distancer. Rassemblant ses forces, elle s'élança à son tour. Ses mains agrippèrent les premiers barreaux pendant que ses pieds balayaient le vide.

Tu tombes, t'es bonne pour te péter une cheville, ou pire.

Elle réussit à se hisser sur la plateforme en acier, au prix d'un violent effort. Souffle court, elle avala les marches en fer grillagées. Enfin le toit.

S'il ne s'arrête pas de cavaler, j'abandonne. Mon cœur va exploser.

Des cheminées fumantes, le pont de Cheviré au loin et des barres HLM, partout.

Elle avait perdu Jadas de vue.

Son portable bourdonna dans sa poche. C'était Charolle :

– Où t'es ?

– Un édifice avec une fresque d'un jaune pisseux, c'est à trois cents mètres de l'immeuble de Jadas…

Elle s'approcha prudemment du rebord.

– … Il donne dans un cul-de-sac. Un véhicule tout-terrain est garé devant l'entrée d'une porte cochère. Prends l'escalier extérieur qui…

Un choc dans le dos, violent. Son gilet l'avait amorti, mais elle perdit l'équilibre.

Son corps alla heurter un toit incliné, deux mètres plus bas. Elle rebondit sur les ardoises synthétiques puis entama une longue glissade vers la gouttière qu'elle cogna des pieds. Elle bascula par-dessus, et une peur abominable la fit hurler au moment où ses mains se refermaient sur le conduit en aluminium. Suspendue dans le vide, ses jambes s'agitaient une dizaine de mètres au-dessus du sol bétonné. Sous son poids, ses phalanges blanchissaient douloureusement, mais elle tenait bon. L'instinct de survie.

Au-dessus, Jadas la contemplait, goguenard :

– J'retournerai pas en taule !

– Aide-moi, je vais tomber ! Au secours !

Il la fixait sans bouger, stupide.

Les chaussures d'Isabelle raclaient contre l'enduit du mur. Pas de corniches sous ses pieds.

Inutile de le supplier, tu gaspilles ton souffle. Maintenir la prise, coûte que coûte.

Le jeune disparut brièvement de sa vue.

Va chercher une corde !

Il revint. Ses mains brandissaient une grosse pierre.

– J'retournerai pas en taule !

Les bras d'Isabelle se remplissaient d'acide lactique. La hantise des grimpeurs.

Je vais plus pouvoir tenir longtemps.

Elle ferma les yeux.

Maintenir la prise...

Une voix familière au-dessus :

– Lâche cette pierre, tout de suite !

Jadas chargea. Un claquement sec suivi d'un cri de douleur.

Isabelle vit quelque chose de jaune et de rond dévaler le long de la pente avant d'atterrir dans la rigole. Une munition de flashball !

Elle leva les yeux, la tête de Charolle apparut bientôt. Il évalua la situation, lui ordonna de tenir bon, et disparut presque aussitôt.

Des coups de feu, quelque part au-dessus d'elle.

Moins d'une minute plus tard, il revenait avec un tuyau d'arrosage dégoté dans un local de maintenance dont il venait de faire éclater la serrure. Il le déroula le long du toit. Elle en agrippa l'extrémité avec l'énergie du désespoir. Elle était sauvée

13

Yannick Jadas était maintenant menotté au sol, au centre de son studio. Des policiers prenaient des photos du matériel informatique. Hugo Esservia s'affairait à tout dénombrer pendant que la commissaire discutait avec Isabelle :

– Vous n'êtes pas blessée ?

La capitaine était livide.

– Je ne crois pas, il s'en est fallu de peu que je fasse le grand plongeon.

– Tu es choquée, essaie de t'asseoir un moment, ordonna Charolle.

Elle prit une chaise et fixa son regard sur le hacker.

S'il en avait eu le temps, aurait-il jeté sa pierre ?

– Y'a un sacré matos, siffla Hugo admiratif. Au moins six bécanes avec une capacité de stockage énorme.

Charolle se pencha vers le jeune. La boule du flasball avait laissé un gros hématome sur son épaule. Sous le choc, il avait lâché son caillou et le policier l'avait menotté en le plaquant par terre.

– Qu'est-ce que t'as cherché à effacer, tout à l'heure ?

L'autre fixait le sol, taiseux.

Hugo avait rallumé plusieurs machines, la plupart réclamaient un mot de passe.

– Tes disques durs sont chiffrés, on dirait. T'es un malin.

Ludivine Rouhand prit Charolle à part. Elle parlait à voix basse :

– Vous êtes catégorique, ce jeune homme a bien essayé de tuer la capitaine Mayet ?

– J'en suis persuadé.

– En ce cas, où est la pierre ?

– La pierre ?

– Celle qu'il tenait à la main et qui a justifié votre tir. Je vous rappelle qu'il n'y avait aucun témoin là-haut. S'il dit que vous l'avez shooté alors qu'il était désarmé, ce sera votre parole contre la sienne. Je vous conseille de retrouver ce caillou et de le mettre sous scellés, le temps que monsieur Esservia l'examine. Une trace papillaire de cet écervelé arrangerait bien nos affaires.

– Vous avez raison, madame. J'y vais tout de suite.

Elle retourna voir Hugo :

– Alors ?

Il se redressa :

– Il faut tout embarquer, mais ça va prendre des heures pour tout analyser, je vais avoir besoin d'un coup de main.

– Qui peut vous aider ?

– Le service régional d'identité judiciaire de Rennes. Ils ont un département informatique bien étoffé.

– Très bien. Capitaine, vous pouvez me suivre ?

Isabelle retrouva Ludivine dans le couloir.

– Rentrez chez vous, il faut vous remettre.

Elle secoua la tête.

– Ça va aller. De toute façon, avec l'adrénaline, je suis remontée comme une pile.

La taulière la jaugea un instant.

– J'ai reçu un coup de fil de Jean-Louis Amar, le directeur de l'ENISSI. Il a trouvé quelque chose sur les défibrillateurs.

– Quoi donc ?

– Je n'ai pas tout compris. Il voudrait vous voir.

– Je prends Hugo et on fonce. J'en profiterai pour demander le dossier de Yannick Jadas : il a suivi des cours dans cette école, il y a quelques années.

– Parfait, mais deux choses avant cela : vous ne prenez pas le volant et vous me promettez de vous reposer quelques heures avant d'aller à Saint-Nazaire. On fera un point demain matin. N'oubliez pas que la procédure doit être impeccable. Si Amar a trouvé un truc de valable, il faut que ce soit formellement couché sur procès-verbal. Comme nos investigations s'annoncent pointues, le mieux serait que le juge le désigne comme expert. Ça implique qu'il prête serment et surtout qu'il nous rédige un rapport qui sera versé au dossier d'instruction.

– C'est un ancien militaire, ça ne devrait pas poser de problème.

– Parfait. Une dernière chose, alors. La « pierre » que tenait Jadas avec laquelle il s'apprêtait à vous « éliminer »... Si le juge considère que la tentative d'assassinat est caractérisée, il va solliciter du procureur un réquisitoire supplétif. Tant qu'à faire, demandez à Esservia si d'autres infractions ressortent de tout ce bric-à-brac informatique. Je pense à de la détention sans autorisation de logiciels d'espionnage, par exemple.

– Y'a un texte pour ça ?

– Article 226-3 du code pénal.

– Mazette, vous connaissez sacrément bien vos fiches.

Ludivine sourit :

– Avoir une chef qui quitte tout juste les bancs de l'école des commissaires peut aussi présenter quelques avantages !

Il était presque vingt et une heures quand Charolle rentra chez lui. Sa compagne était assise dans la cuisine. Son couvert était dressé, elle avait visiblement déjà mangé.

– Tu as bien fait de ne pas m'attendre, chérie.

Il ôta son blouson en cuir. Elle lui décocha un regard noir.

– Tu aurais pu prévenir.

Ça y est, je vais encore avoir droit à une scène.

– Désolé, mais je n'ai eu ni le temps ni la présence d'esprit de le faire.

– Tu es si égoïste, parfois !

Il s'emporta :

– Ma collègue a failli se faire descendre par un petit merdeux ! Il s'en est vraiment fallu d'un cheveu. Alors oui, « désolé » pour le dîner.

Elle croisa ses mains.

– Tu m'avais promis que tu passerais plus de temps avec nous.

Il prit une chaise avant de s'asseoir en face d'elle.

– Je suis muté dans quelques semaines à peine, j'ai tenu parole. Après, je serai à la maison à dix-huit heures trente, tous les jours. Tu n'en reviendras pas du changement.

La mine de sa compagne restait fermée.

– J'aimerais te croire.

Il chassa délicatement une mèche qui lui barrait le front.

– Kevin dort déjà ?

– Tu as vu l'heure, évidemment !

– Je vais aller l'embrasser.

Elle l'entendit monter à l'étage. Son poids faisait grincer les marches du vieil escalier en bois. C'était particulièrement bruyant et, la nuit tombée, plus désagréable encore. Pour son malheur, les toilettes de la maison se trouvaient au rez-de-chaussée. Chaque fois que Christian se levait, invariablement à cinq heures, son escapade la réveillait. Elle ne savait alors, avant de se rendormir, qui elle maudissait le plus de l'homme ou de sa prostate.

Charolle se pencha pour embrasser son fils. Il resta un moment à le contempler, agenouillé dans le noir.

Les disputes… encore.

La brigade criminelle était une maîtresse bien scélérate. Elle avait dévoré son précédent mariage, et il s'était juré qu'on ne l'y reprendrait plus. Les nouvelles générations de flics ne voyaient pas les choses comme leurs aînés, probablement à juste raison. Combien de collègues s'étaient noyés dans le boulot avant de finir seuls ?

Ne refais pas cette erreur, Christian.

Il referma doucement la porte de la chambre. Dans le couloir, il jeta un bref coup d'œil à son arc de compétition. Ce modèle à poulies datait des années 90. Il l'avait accroché là depuis des lustres, la poussière s'était amalgamée sur la branche et il savait que la mire était faussée.

Quelques flèches en carbone devaient se trouver quelque part. Sous le lit de leur chambre, peut-être. Il les avait planquées depuis la naissance du petit. Pas question que son gosse se blesse avec.

14

Isabelle et Hugo se garèrent sur le parking de l'ENISSI vers 16 h 30.

Jean-Louis Amar les attendait dans son bureau en compagnie d'un homme chauve aux yeux globuleux. Il portait une chemise passée de mode et un pantalon de velours côtelé.

Le directeur salua les deux policiers d'une poignée ferme avant de leur présenter son confrère.

– C'est notre expert en IDO, lança-t-il.

– « Internet des objets », précisa l'autre qui avait remarqué le regard interrogateur d'Isabelle.

– C'est lui qui a analysé les pacemakers, ajouta Amar.

Sur ces mots, il désigna deux pochettes sombres posées sur son bureau.

– Les stimulateurs sont à l'intérieur.

Isabelle en prit une. La texture du tissu était étrange.

– Je vous conseille de ne pas l'ouvrir en dehors d'un espace sécurisé, fit le directeur.

– Comment cela ?

Il se tourna vers l'homme au crâne lisse. Ce dernier répondit :

– Ces deux étuis sont de ma fabrication : un mélange de tissu et de métal qui fait barrage aux ondes. Ainsi isolé, un téléphone placé à l'intérieur se voit coupé du réseau cellulaire, sa puce GPS est indétectable et la connexion WI-FI impossible. Le « noir » complet. Un peu comme si vous mettiez votre mobile dans un four micro-ondes.

– Pourquoi autant de précautions ? demanda Isabelle.

Amar prit la parole :

– Les deux prothèses avaient partiellement explosé. C'est leur pile au lithium qui a servi de charge. Mais il fallait aussi une « amorce », placée au cœur des machines. Nous pensons qu'il s'agit d'un virus.

– Un virus ?

– Exactement. Voilà le scénario probable : quelqu'un s'est introduit dans les prothèses pour y loger un programme malicieux. Il en a pris le contrôle et la suite, on la connaît.

– Que s'est-il passé ?

– Il a procédé à une décharge mortelle.

– Entre 600 et 830 volts, suggéra le professeur au crâne chauve.

– Le virus, ajouta le directeur, aurait pu tout aussi bien tromper les capteurs de température et faire augmenter le rythme cardiaque jusqu'à la mort. Il a préféré utiliser les piles à la façon de mini grenades. Le résultat a été… foudroyant.

– Comment expliquer alors une mort simultanée ? demanda Hugo.

– Très simple, répondit le chercheur. Le virus a certainement fonctionné comme une « bombe logique » : sa charge utile était programmée pour se déclencher à un moment précis. Celui qui a tué ces deux hommes aurait pu frapper de manière décalée, ce qui aurait accrédité la thèse d'un dysfonctionnement de l'appareil. Nous pensons qu'il a voulu délivrer un message en marquant les esprits. Les hackers ont souvent un ego surdimensionné.

– Mais pourquoi ces petites sacoches ? insista Hugo.

Jean-Louis Amar en prit une dans ses mains.

– Le virus est toujours à l'intérieur et son pouvoir de nuisance est intact. Il a été inoculé par internet et on pense qu'il peut encore se propager en passant à proximité d'autres porteurs de pacemakers, par exemple.

– Et ce n'est pas tout, crut bon de préciser l'expert. Si ce virus est particulièrement sophistiqué, il est également susceptible d'infecter les serveurs d'un hôpital et de devenir dévastateur.

– Un tueur de masse... précisa le directeur. Vous voyez le tableau !

– Pourtant, je croyais que la pile des prothèses avait éclaté ?

Le professeur secoua la tête :

– Sur ce modèle, il en existe une seconde. Elle fait office de roue de secours, en quelque sorte. En l'occurrence, ça n'a pas fonctionné. On a bien tenté de neutraliser le second accumulateur, mais on n'a pas les outils pour accéder au bloc sans casser ce qui reste des prothèses.

– Devant un mécanisme inconnu, la prudence est de mise, compléta Amar. On a préféré tout calfeutrer, au cas où...

Hugo regardait Isabelle, intriguée, déconcertée.

– Tu as déjà rencontré un truc de ce genre, fit-elle.

Il secoua la tête.

– Comment le « tueur » a-t-il procédé ?

L'ancien militaire s'exprima d'une voix grave, il avait parfaitement cerné l'ampleur du risque :

– C'est une personne seule ou tout un groupe, on ne sait pas. Il a dû s'y prendre en deux temps. D'abord, il lui a fallu identifier le modèle de prothèse puis récupérer des données confidentielles sur le patient. L'attaque est venue après.

– Il a pu frapper de n'importe où ?

– Non, l'inoculation a exploité la fonction connectée des deux engins, un réseau sans fil qui les relie à un terminal. C'est lui qui expédie les données au médecin via internet. L'agresseur devait nécessairement se trouver à moins d'une vingtaine de mètres de sa cible. C'est au terminal qu'il s'en est pris, en premier.

– Où étaient ces terminaux ?

– Chez les victimes, dans leur chambre peut-être.

Un silence.

– Si j'avais agi à sa place, ajouta le directeur, j'aurais leurré la machine en lui proposant une fausse mise à jour.

– Vous pouvez préciser ? demanda Isabelle.

– Quand j'étais à la DGSE, se souvint Amar, j'ai souvent entendu parler d'hommes d'affaires qui s'étaient fait pirater leur ordinateur sur le réseau WI-FI d'un grand hôtel. C'était toujours le même mode opératoire : on leur avait proposé de mettre à jour un truc ou de télécharger une application bidon sur leur bécane. Ils cliquaient et les ennuis se pointaient juste après.

Isabelle rangea prudemment les deux sacoches.

– J'ai l'impression de transporter le bacille de la peste, murmura-t-elle.

Amar acquiesça d'un signe de tête.

Elle s'adressa au chercheur :

– J'aurais besoin de m'entretenir seul avec monsieur le directeur. Je vous remercie pour votre aide précieuse.

L'autre se leva et sortit.

La capitaine attrapa son carnet.

– Yannick Jadas, un de vos anciens étudiants. J'aimerais avoir votre avis sur lui.

– Ce n'est pas lui qui a tué ces deux hommes, fit Amar.

– Vous en êtes si sûr ?

Il se pencha légèrement en avant :

– Quand on sait fabriquer une saloperie pareille et qu'on la laisse se propager sans sourciller, ça s'appelle du terrorisme, et Jadas n'a pas du tout les épaules pour ça. Je me souviens bien de lui, il aurait pu faire carrière s'il n'était pas si imbu de lui-même. Concernant son séjour chez nous, il n'a pas attiré l'attention plus que ça, excepté par son caractère. Nos élèves de dernière année font tous des stages dans des entreprises de la région, et celle qui l'a accueilli ne s'en est pas plainte.

D'une sacoche, Isabelle sortit un ordinateur portable et une mini-imprimante.

– Je vais reprendre et mettre en musique ce que vous venez de me raconter, puis je vous ferai signer le procès-verbal. Même topo avec votre confrère. Ensuite, on appellera le juge pour confirmer votre désignation comme expert. Je doute qu'il se trouve sur la liste du tribunal un spécialiste en informatique aussi doué que vous.

Le militaire sourit malgré lui. Il n'était pas insensible aux compliments.

Une heure plus tard, les deux policiers sortaient de l'école.

Un groupe d'étudiants fumait à côté d'un banc, près du parking.

L'un d'eux avait remarqué le pare-soleil siglé « POLICE ». Il nota le numéro de la plaque d'immatriculation et s'écarta des autres. Il plongea une main dans sa poche et en retira un de ces téléphones jetables qu'on trouve aussi sur internet pour quelques euros ; il était doté d'une carte SIM prépayée, achetée en liquide chez un buraliste.

Il adressa un simple SMS : « Flics débarquent ENISSI ».

Bientôt, une réponse.

– « Combien ? »

– « Deux. »
– « Identité ? »
– « ? »
– « Numéro portable + plaque. Magne ».

Après avoir éteint son téléphone, l'étudiant fit comme on lui avait demandé. Il retira la carte SIM avant de la réduire en miettes. Ensuite, il s'enferma dans les toilettes de l'école et vomit un long jet de bile. Il était livide à faire peur.

Prostré sur la cuvette, il songeait au pétrin dans lequel il s'était fourré.

15

Les deux pacemakers trônaient au milieu de la table, sagement rangés dans leurs étuis opaques.

Tout le groupe crime était là, ainsi que des renforts en provenance d'autres brigades. La commissaire Rouhand venait de s'entretenir successivement avec le procureur et le juge d'instruction. Dans la salle de réunion, un écran diffusait une chaîne d'informations en continu. Au cours d'un reportage consacré à l'affaire, les visages des chargés de communication de *Hygie Hertz Medical* apparurent sur le téléviseur. Ils donnaient une conférence de presse.

Rouhand imposa le silence et fit mettre le son.

Dans son costume impeccable, l'homme rejetait en bloc l'hypothèse d'un dysfonctionnement des prothèses allemandes. Le reste du discours ressemblait à un communiqué de crise parfaitement léché.

– En moins d'une heure, j'ai été contactée successivement par l'*AFP*, *Libération*, *Le Monde* et *La Tribune*, lança la commissaire d'une voix lasse ; il nous faut résoudre cette affaire au plus vite, avant qu'elle ne prenne une dimension nationale.

– Je croyais que c'était déjà le cas, objecta un officier.

La remarque plomba l'atmosphère.

– On fait le point, s'il vous plaît. Soyez brefs et concis. La procédure, rien que la procédure.

Isabelle prit la parole :

– Il s'agit bien d'un double crime ; le mode opératoire est celui d'une cyberattaque. Le ou les suspects habitent Nantes ou les environs. Ils sont spécialisés en informatique, avec derrière eux une longue expérience. Des personnes liées aux groupes criminels, par exemple.

– Pourquoi pas des barbouzes ? lança Charolle.

– Toutes les hypothèses se tiennent. Mais il nous manque le mobile. Pourquoi se débarrasser des jumeaux ? À qui profite le crime ? On a vérifié leurs comptes bancaires, rien n'a été touché.

– Et la veuve, son mari n'avait pas une assurance vie ? demanda Charolle.

– Si, mais le montant est commun : cent mille euros à peine. Quant à madame, elle vit déjà très confortablement.

Un silence.

– Que donnent les pistes nantaises ? demanda Ludivine Rouhand.

Isabelle laissa Charolle répondre.

– Yannick Jadas est toujours en garde à vue. Le procureur a délivré un réquisitoire supplétif, et Hugo tente d'explorer les bécanes. Comme tout est chiffré ou presque, il faudra du temps. On fouille dans le passé du gamin durant les six derniers mois : on cherche des connexions avec le service de cardiologie du CHU ou avec *Epiotronic*, mais ça ne donne rien pour le moment.

– J'ai bien trouvé deux ou trois logiciels de *sniffing,* ajouta Hugo, le genre de programme que les hackers utilisent pour rechercher des réseaux WI-FI avant de tenter d'y pénétrer de force. Mais comme tout le monde peut les récupérer sur internet, ça ne prouve rien.

– Et l'autre, le prof de collège, qui s'en est occupé ?

Le major Metivier releva la tête :

– Julien Griffon. On lui a rendu une petite visite ce matin ; il nous a laissés inspecter son appartement sans faire d'histoires. Question informatique, rien de comparable avec Jadas. Il y avait des tas de photos de jeunes filles sur les murs, des modèles à la David Hamilton. Je ne lui confierai pas ma gamine pour un cours de maths, c'est clair, mais j'ai trouvé qu'il faisait profil bas.

– Et son passage au CHU, on sait dans quel service il se trouvait ?

– Un bâtiment distinct de celui réservé au département de cardiologie. S'il s'y est rendu, il n'avait aucune raison professionnelle de le faire.

– On fait quoi en ce cas, demanda la commissaire. On laisse tomber ?

– C'est le plus sage, ajouta Isabelle. Le procureur n'autorisera jamais la prolongation de sa garde à vue. Pas avec le peu d'éléments dont on dispose.

– C'est quoi le coup d'après ?

Devant le silence du tour de table :

– Pas tous à la fois !

Charolle tenta :

– Selon Isabelle, l'expert de l'ENISSI est catégorique : les deux pacemakers ont été attaqués à travers leur système de suivi à distance : un boîtier terminal situé dans leur domicile respectif. On va aller les récupérer. Ensuite, je suggère de rendre de nouveau visite à *Epiotronic* puis au CHU. Le hacker a dû recueillir des informations avant de lancer son attaque. Vol ou piratage, on ne sait pas. S'il a pu « oublier » son virus dans les prothèses, il a peut-être aussi laissé une trace de son passage quelque part. Il faut creuser, encore et encore. Inspecter les vidéos des caméras d'enregistrement du CHU, identifier des personnes extérieures dans des zones réservées…

La réunion venait de se terminer. Isabelle et Charolle restèrent à la demande de la taulière. Celle-ci se leva et partit fermer la porte.

– Ce n'est peut-être pas un crime, mais un attentat.

Charolle haussa les épaules :

– Comment ça ?

– Un virus capable de se propager d'un stimulateur à un autre… et s'il n'avait pas été oublié, mais laissé là, *à dessein*.

– Un truc conçu pour se multiplier ? fit Isabelle.

– Il n'y a pas eu de revendication, objecta Charolle.

La commissaire était nerveuse :

– Pourquoi ne pas saisir un service spécialisé. J'ai l'impression qu'on est dépassé. Tout ça est si complexe…

Isabelle la fixait, songeuse.

Elle est en train de flipper grave.

Elle reprit la parole :

– Si nous appelons une autre unité à la rescousse, nous serons dessaisis. Ce serait dommage. Laissez-nous vingt-quatre heures de plus, le temps de retourner chez *Epiotronic*. On a déjà écarté plusieurs mauvaises pistes, le nœud se resserre, je le sens.

Rouhand croisa les bras pour masquer sa gêne. Un instant, ses yeux parcoururent la pièce, comme s'ils cherchaient une réponse affichée quelque part. Il n'y avait que le tableau blanc, un drapeau tricolore placé à la verticale et sur le mur, en face d'elle, le logo de la Direction centrale de la police judiciaire.

Quand son regard croisa de nouveau celui de ses collaborateurs, elle venait de prendre sa décision.

Excepté son coffre-fort et l'écran de son ordinateur, toujours verrouillés, le bureau du directeur de l'ENISSI était ouvert en permanence. C'est en s'absentant de son cours pour une pause toilettes prétexte, que Victor Saurel tenta sa chance. Il n'y avait personne dans le couloir. *Maintenant ou jamais...*

Il entra et se dirigea vers le petit répertoire à cartes de visite.

Tandis qu'il parcourait les fiches, son visage transpirait et son cœur battait plus vite que d'ordinaire.

Où chercher ? Essaye la lettre P pour « Police ».

Il la trouva : « Isabelle Mayet, capitaine de police, brigade criminelle ». Il y avait un numéro de portable.

Le jeune homme attrapa son smartphone et prit la carte en photo.

Ensuite, il ressortit du bureau aussi promptement qu'il y était entré.

16

Sur le parking d'*Epiotronic*, Charolle vit une grosse berline qui lui était familière. Il l'avait déjà remarquée à la télévision, quand les journalistes se pressaient avec micros et caméras autour des deux représentants. Il devait reconnaître qu'en quelques jours, ils n'avaient pas chômé, et leur communication intense n'avait d'égale que le mutisme du juge.

Le commandant avait demandé à Hugo de délaisser un moment l'inspection des ordinateurs de Jadas, le jeune hacker, pour l'accompagner.

Dans l'entreprise, l'ambiance était morne. Une secrétaire les fit patienter une vingtaine de minutes. Ils virent sortir le couple de *Hygie Hertz Medical*, l'air grave.

– Je pensais qu'ils nous bombarderaient de questions, fit Hugo en les regardant s'éloigner.

– Ils ont certainement leurs entrées à un plus haut niveau, je ne m'inquiète pas pour eux. Leur seul souci c'est qu'on dédouane au plus vite le fabricant.

Philippe Hervieux les reçut dans son bureau. Il était au trente-sixième dessous.

Charolle songea : *On t'a mis la pression, on dirait !*

Il présenta Hugo au dirigeant avant d'entrer dans le vif du sujet :

– Nous souhaitons visiter votre entreprise, car tout nous ramène ici…

Il évoqua l'hypothèse d'une cyberattaque et les yeux de son interlocuteur s'arrondirent.

– … Quelqu'un a bien dû récupérer des données, quelque part. Un sabotage est toujours précédé d'un repérage, c'est ce qu'on nous enseignait au service militaire. Où se trouvent les informations techniques liées au fabricant ?

Philippe Hervieux se leva et attrapa un trousseau de clefs sur son bureau.

– Suivez-moi.

Il ouvrit une porte blindée, munie d'un écriteau : « Entrée interdite aux personnes non autorisées ».

– Qui a accès à cet endroit ? demanda Hugo.

– Moi et un technicien.

– Où est-il ?

– Il travaille en Allemagne la moitié du temps. Il n'était pas à Nantes au moment de… cette terrible soirée.

Charolle examina la pièce. Des composants électroniques sur des étagères, des armoires avec des classeurs remplis de fiches.

– Il y a un ordinateur ici ? demanda Hugo.

– Non.

– Pas de prise réseau dans les murs ? Vous avez une connexion internet ?

Le professeur secoua la tête :

– Je me méfie de l'informatique, question de génération. À part les ordinateurs et leur réseau filaire, vous ne trouverez rien d'autre. Pour une bonne raison, d'ailleurs ! *Hygie Hertz* impose à ses distributeurs des normes de sécurité très sévères ; mon entreprise est auditée une fois par an. La charmante délégation que vous avez croisée tout à l'heure était venue pour s'assurer que les dernières recommandations avaient bien été appliquées. Je m'y tiens, car si je venais à perdre mon contrat d'exclusivité avec eux, ma société n'y survivrait pas.

Charolle prit une chaise et s'assit. Son regard embrassait toute la pièce.

– Quelqu'un pourrait-il entrer ici à votre insu ?

– Il n'y a jamais eu d'effraction, et sans la clef, c'est impossible. Il n'en existe que deux spécimens, un pour moi et un pour mon collègue qui se trouve outre-Rhin. Je ne me sépare jamais de mon trousseau.

Le commandant se releva.

– On va procéder par méthode, il me faut la liste complète de toutes les personnes qui travaillent à *Epiotrinic*, les salariés comme les sous-traitants.

Un quart d'heure plus tard, dans la salle de réunion : des tasses de café vides et, sur la table, étalés en corolles, les dossiers des collaborateurs. Une vingtaine.

– C'est quoi cette chemise à part ? demanda Hugo.

– Celle des stagiaires.

– Combien ?

– Aucun pour le moment, le dernier a mis fin à son stage récemment.

– C'était quand ?

– Il y a un mois, à peu près.

Charolle examina le CV de l'étudiant : Victor Saurel.

Il fit glisser la page vers Hugo sans prononcer un mot. Son index pointait l'établissement où se déroulait sa scolarité : « ENISSI de Saint-Nazaire (44) ».

– Pourquoi est-il parti ? demanda Charolle.

– Nous aimerions le savoir, mais ce jeune homme n'a pas jugé bon de nous le dire. Évidemment, nous avons fait part de notre étonnement à l'école. Ce n'est pas le premier stagiaire bizarre qu'on rencontre, encore une question de génération...

– On va prendre une photocopie de son CV, s'il vous plaît.

17

Il était près de vingt heures, Ludivine Rouhand était encore à son bureau. Au téléphone, elle avait longuement parlé avec sa mère, demandé des nouvelles de la famille et du chat Nestor. Elle venait d'apprendre qu'une bonne copine de lycée était enceinte de son premier enfant.

Le service était désert, elle se sentait seule. Dehors, le brouillard recouvrait les façades des maisons. Elle pianota un moment sur son smartphone, elle avait envie d'aller voir un film. Rentrer et se faire un plateau-repas seule devant la télévision lui paraissait trop sinistre.

Une comédie romantique passait dans un cinéma d'art et d'essai du centre-ville. Séance dans une heure. Parfait.

La fatigue lui piquait les yeux, mais avant d'éteindre son ordinateur de bureau, elle jeta un coup d'œil dans sa messagerie. Un nouveau message. Le titre retint aussitôt son attention : « À Nantes, une jeune commissaire de police en première ligne ». Elle l'ouvrit et tomba sur cette simple phrase, signée Jérémie : « Coucou, Ludivine, heureux de voir que tu as fait du chemin depuis la fac ». Elle ressentit un léger picotement au creux de son ventre.

Jérémie !

Après toutes ces années, voilà qu'il reprenait contact. Elle resta figée devant son écran, en proie à la confusion. Elle l'avait rencontré durant ses études, une liaison brève mais intense. Il avait été son premier grand amour.

Le seul…

Un souvenir durable. Quand Jérémie avait déménagé pour poursuivre ses études à Paris, elle était restée à Limoges, non loin de ses parents et de son père atteint d'un cancer, le prix de son addiction au tabac.

Leurs courriels s'étaient espacés. À l'automne suivant, Jérémie lui avait annoncé qu'il quittait la France pour New York : un stage s'offrait à lui aux Nations-Unies. Il était tout excité.

Elle se souvenait parfaitement de la scène. C'était un dimanche pluvieux et lugubre, quelque part dans la campagne limousine. Ses parents regardaient la télévision dans la pièce à côté, son père toussait fort. Malade, il était content d'avoir à la maison sa fille chérie.

– Ludivine, j'aimerais que tu m'accompagnes, avait insisté Jérémie.

Des circonstances de cette phrase prononcée au téléphone, la jeune femme se souviendrait toute sa vie. Elle se tenait près de la fenêtre du salon, la pluie arrosait les champs dans les prémices du crépuscule.

Il attendait une réponse, elle serrait fort le combiné, prise entre la campagne silencieuse et la toux de son père.

Elle avait répondu par des mots qui lui avaient tordu l'estomac. Les semaines, les mois avaient passé. Certains soirs, quand elle se sentait très mal, elle se disait : « Je plaque tout et je file le retrouver dans son studio à Brooklyn ».

Puis, était venue la période de bachotage pour le concours de commissaire, permettant de ne plus penser à lui, de ne plus regretter le choix qu'elle avait fait. Peu après, son père s'en était allé et sa scolarité à Lyon avait commencé.

Un soir, sur internet, elle avait découvert le compte Facebook de Jérémie. Des photos de la métropole américaine et des selfies où il s'affichait avec cette fille, complice. Ludivine avait senti son cœur se déchirer…

Pourquoi refais-tu surface maintenant ?

De plus en plus intriguée, elle ouvrit la pièce jointe. Il y avait bien un document consacré à l'affaire des jumeaux, mais Ludivine n'était pas citée.

Retour sur le texte. Juste une phrase.

La déception était cruelle.

Salaud…

Dans sa tête, une voix lui disait, piquante : *Qu'est-ce que tu t'imaginais ? Ne replonge pas dans le passé, sinon tu vas déterrer de vieux fantômes. Tu vas encore souffrir pour rien.*

Décidément, elle avait besoin de se changer les idées.

Elle récupéra son manteau, tendit le doigt pour éteindre l'unité centrale de l'ordinateur.

Sur l'écran, un message venait d'apparaître :

Connexion fermée
par un hôte distant

L'instant d'après, il avait disparu.

Elle quitta le bureau, enclencha l'alarme et se dirigea vers l'ascenseur qui conduisait au parking de service.

18

Victor Saurel sortit du garage de son immeuble sur son scooter haut de gamme. Derrière ses jumelles, Charolle émit un sifflement admiratif :

– C'est le dernier modèle de Yamaha, on ne se refuse rien. Qui a dit que les étudiants étaient fauchés ?

– On fait quoi, on le suit ? demanda le major Metivier

– Évidemment. Démarre, camarade.

Le bolide s'engagea boulevard de Sarrebrick. À sa gauche, les barres d'immeubles de la cité Malakoff et à droite, le ruban bleu de la Loire.

– Il roule comme un malade. Perds-le pas !

Charolle prit son terminal radio.

Devant eux, le véhicule vira à droite.

– Isabelle, on file Saurel au train. Il est en train de se garer devant le Kebab, sur la place des Commerces, à gauche de l'église Saint-Marc. Je laisse Jean-Michel prendre le relais.

Grésillement dans le poste.

– Ok ! On est stationné à deux cents mètres sur le boulevard.

Le major quitta la Citroën de service et se dirigea vers la place.

Le jeune portait un survêtement de marque. Il entra dans un bureau de tabac-presse. Devant le Kebab, des adultes fumaient en zieutant tout ce qui se passait alentour.

Metivier se posta devant une boulangerie à proximité. La cible ressortait avec un truc dans les mains dont il se débarrassa en partie dans une poubelle.

– Il revient vers son scooter.

En regagnant la voiture, le policier s'arrêta devant la poubelle. Il en ressortit deux emballages qu'il enfourna au fond de ses poches.

Déjà l'étudiant s'éloignait à vive allure.

Charolle attrapa sa radio :

– Isa, il est sur toi dans dix secondes.

– Ok !

Elle mit le contact et quitta le trottoir. Le bolide venait de surgir dans son rétroviseur. Au rond-point suivant, il la dépassa et le conducteur tourna la tête avant d'accélérer brutalement.

– Christian, on remonte le boulevard de Seattle. Il roule comme un dingue, je me demande s'il n'a pas reconnu la caisse.

Le commandant mit les gaz.

Pourvu qu'il ne se viande pas...

– Il vient de prendre le chemin de halage, il s'enfonce dans la zone boisée.

– Y'a des dos d'âne énormes là-bas, il ne va pas pouvoir tenir sa vitesse, accroche-le, Isa !

Le scooter longeait un massif. Des carcasses de voitures abandonnées s'alignaient sur le bas-côté. Sur la gauche, bientôt, un camp sédentaire avec cabanes et tout un amoncellement d'objets hétéroclites. C'était l'hiver et des résidus de feuilles mortes jonchaient encore le bitume.

Le motocycle ralentit devant une bosse qui barrait la route, ses roues patinèrent sur un mélange de plantes en décomposition, et le bolide se coucha sur le côté. L'étudiant fut éjecté et son corps heurta le sol, à deux mètres de là.

Isabelle pila au milieu du chemin.

Le jeune se releva à moitié sonné. Il avait reconnu la voiture : la même plaque que celle qui s'était pointée à l'ENISSI.

Charolle arrivait à l'instant.

Isabelle avait la main sur la crosse de son arme. Elle se trouvait à une dizaine de mètres du jeune quand celui-ci sortit un téléphone de sa poche et tapota un SMS.

– Lâche ! gueula Charolle de sa voix d'ours.

L'étudiant leva les bras en l'air. Au même instant, son pouce droit appuya sur la touche « envoi » du cellulaire. Charolle le lui arracha des mains avant d'en examiner l'écran :

keuf mon chope

– C'était pour qui ?

Pas de réponse.

Isabelle se chargea de le menotter.

Sous le choc, le coffre du scooter s'était ouvert. À l'intérieur : un PC portable.

Charolle attrapa l'étudiant par une épaule et vint le plaquer contre le capot de sa voiture. Pendant que Metivier lui faisait les poches, il exhiba les emballages que le jeune avait balancés dans la poubelle.

– Téléphone jetable, carte SIM prépayée. Tout le matos d'un petit trafiquant de drogue… ou d'un djihadiste en herbe. Tu as voulu prévenir ton boss ?

L'étudiant fixait le sol, dents serrées.

– Isa, tu appelles le juge ?

Deux minutes après, elle les rejoignait.

– On a le feu vert.

Charolle approcha son visage du jeune :

– Victor Saurel, quelle heure est-il à ma montre ?

Il regarda le cadran sans comprendre.

– 11 h 25.

– Voilà, tu es en garde à vue pour complicité de meurtre.

19

Dans la salle d'interrogatoire, Isabelle posa un gobelet de café devant Victor prostré sur sa chaise. Le major Metivier s'était porté volontaire pour être le « procédurier », celui qui se coltinerait la procédure depuis le premier procès-verbal : une responsabilité de chef d'orchestre. La pile de documents s'élevait rapidement. De son côté, Hugo avait récupéré le smartphone et le PC de l'étudiant. Pas de fichiers cryptés, mais un mot de passe au démarrage.

Dans son bureau transformé en atelier, où seule une affiche pour la dernière édition du marathon de Paris apportait une touche personnelle, il fit de la place sur une table et brancha le smartphone sur son PC professionnel. Il utilisait une clef USB de fabrication américaine, un outil spécialement conçu pour examiner les données d'un téléphone verrouillé par un mot de passe, et toutes celles qui avaient été effacées de la carte mémoire. Il fallait compter une vingtaine de minutes pour une récupération complète : photos, vidéos, fichiers textes... Il lança l'application et put se consacrer au PC.

Le mot de passe se trouvait au niveau de la session Windows. Pour Hugo, c'était un jeu d'enfant, presqu'une plaisanterie. Il retourna la machine et procéda à l'extraction du disque dur qu'il installa ensuite sur une station d'accueil reliée à un ordinateur de la brigade par un cordon muni d'un port USB. Il put en examiner le contenu sans difficulté, et ne tarda pas à remonter plusieurs éléments.

Peu après, Metivier se penchait dans l'encadrement de la porte.

– Il a balancé quelque chose ? demanda l'informaticien sans relever la tête.

– Une tombe. Il est mort de peur, mais on va continuer de l'asticoter. Et toi ?

Devant Hugo, les écrans se remplissaient lentement de lignes de données.

– Dis à Isabelle et Christian de me rejoindre, s'il te plaît...

Il souriait.

– ... Je crois que je viens de tirer le gros lot.

De la brigade il ne manquait que la commissaire, retenue à l'extérieur.

– Alors ? fit Isabelle pleine d'espoir.

Hugo se tourna vers ses écrans.

– Le PC de Saurel utilise des programmes destinés à rendre sa navigation sur internet anonyme. C'est le cas de TOR, utilisé autant par les criminels que par les militants des droits de l'homme, mais aussi Cryptocat, une messagerie chiffrée. Pourquoi autant de précautions à ton avis ?

– Je l'ignore, répondit Isabelle, mais pour un étudiant de l'ENISSI, est-ce si extraordinaire ?

– Attends la suite, répliqua Hugo. J'ai aussi remonté une drôle d'application sur son smartphone, il s'agit de KEY ME. Elle permet de dupliquer des clefs en les scannant.

– Comment ça marche ?

Hugo posa celles de son domicile sur le bureau et mima la scène avec le téléphone de Saurel.

– Tu actives l'application en utilisant la fonction « photo ». Ensuite, il suffit de cadrer l'image puis de photographier la clef sur ses deux faces. Une empreinte est alors créée puis stockée sur un serveur géré par la société. Enfin, on peut utiliser une imprimante 3D pour en réaliser une copie en thermoplastique.

– Où trouve-t-on ce genre d'imprimante ?

– On l'achète sur internet, pour moins de 500 euros. En rajoutant un logiciel de dessin industriel pour reconstituer l'objet, c'est à peine plus cher.

– Tu crois qu'il a utilisé cette application ?

Hugo afficha un large sourire :

– Je me suis souvenu que le gérant d'*Epiotronic* nous a affirmé qu'il fallait une clef particulière pour accéder à la zone sécurisée, là où les plans et les données liées aux pacemakers sont entreposés. Il n'y a pas eu d'effraction et Philippe Hervieux ne s'est jamais fait voler son trousseau. Alors ?

Christian Charolle approuva d'un signe entendu :

– Le bureau d'Hervieux n'est presque jamais fermé, il nous l'a dit lui-même. Tu te souviens, quand on est entré ? Le trousseau était là, bien en évidence. Saurel ne l'a pas subtilisé, c'était trop risqué. Il s'est contenté de le photographier !

– Et cette photo, ajouta Hugo en cliquant sur un fichier image récupéré dans le smartphone, la voici.

La clef apparut en gros.

– Bien joué ! s'écria Isabelle. Rédige-moi tout de suite un PV bien léché. Pense à joindre la photo en annexe. J'appelle le juge et je lui annonce la bonne nouvelle.

Plus tard dans l'après-midi, Ludivine Rouhand regagnait son bureau. Sa première réunion de police avec le préfet venait de se terminer, et elle gardait une impression mitigée sur sa prestation. Elle revoyait les représentants des différents services de sécurité, gendarmes aux premières loges. Le colonel de groupement avait balancé ses chiffres avec une fierté non feinte.

J'ai tellement de choses à apprendre et la communication, c'est si important...

La jeune femme repensa à ce conseil, distillé par un formateur de son école : Savoir faire et faire savoir.

Elle alluma son ordinateur. À la place de son environnement habituel, elle se heurta à un fond d'écran rouge sur lequel s'affichait en gros caractères le message suivant :

Madame la commissaire, vos fichiers ont été cryptés.

En dessous, dans une fenêtre grise :

La plupart des données contenues dans cet ordinateur ont été verrouillées par l'algorithme de chiffrement RSA-4096. Nous ne voulons aucune rançon, mais exigeons qu'avant un délai de vingt-quatre heures, le juge d'instruction responsable de l'enquête des frères Pelland annonce publiquement

que leur mort est le fruit d'un accident, et que son instruction prend fin par abandon des poursuites. Si les choses se déroulent ainsi, nous vous communiquerons la clef de décryptage. Dans le cas contraire, nous frapperons à nouveau. Plus fort encore.

Pas de signature.

En bas, un compteur à rebours venait de se déclencher

Ludivine se rua dans le couloir.

20

Hugo et Isabelle étaient penchés au-dessus de l'ordinateur de leur chef.

Elle accusait le coup. Le brigadier prit son téléphone et photographia l'écran rouge avant de retirer la prise réseau et d'éteindre la machine.

– C'est un logiciel de rançon, précisa-t-il.

Ludivine éclata de colère :

– Comment a-t-il pu entrer dans mon ordinateur ?

Il se gratta le menton.

– En général, le crypto-verrouilleur se répand par courriel, à l'intérieur d'une pièce jointe. On clique dessus et hop, il s'invite dans la bécane. Vous avez le souvenir d'un message bizarre, dernièrement ?

Elle hocha la tête.

– Alors, voilà peut-être l'explication !

– Que peut-on faire, maintenant ? demanda-t-elle.

– Éviter que ce programme ne contamine d'autres machines du service. J'ai déconnecté l'ordinateur du réseau, pour commencer. Ensuite, il faudra prévenir les collègues. Qu'ils inspectent leur poste avec un antivirus.

– Et pour ma machine ?

Hugo eut un geste d'impuissance :

– C'est l'affaire du responsable du parc informatique. Son bureau est à Rennes, à la direction interrégionale. On va l'appeler et lui demander de descendre à Nantes pour remplacer votre unité centrale.

– Et mes fichiers ?

– Vous aviez des sauvegardes, madame ?

– Non.

– En ce cas, heureusement que vous venez d'arriver, car on ne pourra rien faire sans connaître la clef de chiffrement !

Quelques minutes plus tard, Ludivine refermait la porte de son bureau. Isabelle était restée avec elle.

– C'est une attaque ciblée, ils veulent que le juge abandonne l'affaire !

– Voyons le bon côté des choses, madame. On naviguait à vue et soudain, l'hypothèse du hacking devient une évidence. Ceux qui ont tué les jumeaux viennent de sortir du bois. Pourquoi prennent-ils ce risque ? Parce que l'étau se resserre.

– C'est Yannick Jadas qui les effraie ?

– Moi, je penche plutôt pour Victor Saurel ! Au moment où nous l'avons interpellé, il a adressé un SMS à un mystérieux interlocuteur. Certainement un complice, et nous avons son numéro !

– C'est quoi la suite ?

– Proposer au magistrat de localiser le mobile par triangulation, on verra ce que ça donne.

Assise derrière son bureau, Ludivine posa son visage dans ses mains.

– Il va falloir que je rende compte à Rennes et au juge.., je me sens coupable.

Isabelle allait dire quelque chose pour la réconforter quand Ludivine releva la tête. Un éclat de sévérité traversait son regard.

– Je n'aurais pas dû vous écouter, la dernière fois. Ma première impression était la bonne. Il fallait saisir un service spécialisé.

Isabelle croisa les bras, lèvres pincées :

– N'oubliez pas que Saurel est encore dans nos murs. C'est un gamin, il parlera. À cette occasion, je veux qu'il nous conduise à son complice.

Joignant le geste à la parole, elle attrapa son blouson et sortit du bureau.

Hugo interpella Isabelle depuis la pièce où il entreposait ses machines. Sa mine était sombre.

– Il ne faut pas prendre cette attaque à la légère, Isa. Si le crypto-verrouilleur s'est propagé à d'autres ordinateurs, il a très bien pu rebondir sur nos serveurs, voire au-delà.

– Je comprends. Mais tout ça dépasse mon niveau de compétence.

– Moi aussi, je suis spécialisé en investigation informatique, pas en architecture réseau ! Tu sais, je me suis souvenu d'une chose, tout à l'heure. Une affaire survenue aux États-Unis en 2015. Plusieurs services de police du Maine ont été victimes d'un rançongiciel appelé *Megacode*. Les shérifs ont vu tout leur système informatique bloqué ; les pirates ont réclamé des milliers de dollars.

– Et comment tout cela a-t-il fini ?

– La police a payé.

Une pause.

– On est dans la panade, pas vrai ?

Hugo soupira.

21

Le commandant Charolle appela en début de matinée son contact au sein du Groupe d'intervention régional des Pays de la Loire, un service d'investigation regroupant policiers, gendarmes, agents des douanes et inspecteurs des impôts.

Au bout du fil, le lieutenant-colonel Louis de Roverbal.

– Bonjour, mon colonel, Charolle de la PJ.

Les formules de politesse furent vite évacuées.

– La garde à vue d'un de nos clients se termine, et nous avons besoin d'un coup de main. Votre correspondant au fisc pourrait m'identifier un numéro de compte ? Notre cible vient de s'acheter un beau scooter et comme il ne travaille pas, on flaire un truc louche. Je vous ferai suivre la réquisition du juge, un peu plus tard.

– Je devrais avoir un retour en début d'après-midi, c'est encore bon ?

– Parfait, à charge de revanche, mon colonel.

Charolle raccrocha. Établir des relations avec la gendarmerie sur le long terme relevait de la gageure. Tous les trois ou quatre ans, un nouvel officier remplaçait l'ancien, et il fallait tout recommencer. La confiance ne se décrétait pas.

Le commandant redescendit dans la cellule des gardés à vue.

– On y retourne, Saurel.

Le jeune redressa brutalement la tête ; il s'était assoupi. Il récupéra ses chaussures devant la geôle, et suivit les officiers en salle d'interrogatoire.

L'audition reprit.

Le juge venait de remettre Yannick Jadas en liberté ; il serait convoqué plus tard devant un tribunal. Charolle n'avait pu retrouver la fameuse pierre et, faute d'empreintes digitales, l'accusation se trouvait bien bancale. Quant aux ordinateurs saisis dans son appartement, leur contenu chiffré n'avait pas encore permis d'avancer dans l'enquête.

Il était midi passé. Hugo profita de sa pause-déjeuner pour partir courir sur les berges de l'Erdre ; la rivière coulait aux pieds de l'hôtel de police.

À son retour après sa douche, dans la salle de repos du service, il avala son repas en relisant la procédure. Apparemment, Saurel restait mutique. Son avocat lui avait suggéré de ne rien dire, le temps de voir ce que l'accusation avait dans sa manche.

En retournant dans son bureau, Hugo vit tout de suite que quelque chose n'allait pas.

Tous les ordinateurs, dont les deux utilisés en criminalistique, étaient éteints.

Il tenta de les rallumer. En vain, rien !

Il vérifia l'absence de coupure de courant, changea de prise électrique et renouvela l'expérience. Sans plus de succès. Un pressentiment désagréable l'envahit. Il démonta la carcasse des trois unités centrales « en carafe » d'où se dégageait une odeur de brûlé.

Hugo examina d'abord les cartes mères, les pièces les plus sensibles. Elles contenaient le processeur, les puces et les connecteurs.

Oh, non... !

Tout avait grillé. Il se redressa lentement avant de contempler le désastre, immobile.

Quelques minutes plus tard, le patron de la Direction interrégionale de police judiciaire (DIPJ) de Rennes recevait un coup de fil de Nantes. Au téléphone, la commissaire Rouhand semblait paniquée.

– Calmez-vous, Ludivine, lui recommanda le divisionnaire Le Gall.

Il était de ces flics que peu de choses ébranlent. Sa robuste carrure s'était forgée durant des décennies de lutte contre la grande criminalité, de Bastia à Paris. Comme tant d'autres, il avait vu l'ancienne génération des bracos, habitués aux opérations bien huilées et à un certain sens de l'honneur, céder du terrain à des minots surarmés et ensauvagés avant que n'apparaisse la clique des islamo-gangstéristes, soldats du djihad.

Dans la bouche de sa jeune collègue, une phrase revenait en boucle :

– Nous sommes attaqués. Attaqués !

22

La note de service fut pondue dans l'urgence : le recours aux outils informatiques était suspendu jusqu'à nouvel ordre ; toutes les machines connectées au réseau devaient être débranchées. Seuls les ordinateurs non rattachés à internet pouvaient fonctionner, comme ceux utilisés pour les auditions, par exemple. Dernier problème, toutefois, ils étaient reliés à des imprimantes connectées, et il fallut trouver des câbles pour tout raccorder à l'ancienne. La gestion des espaces devait être entièrement repensée.

La commissaire s'était enfermée dans son bureau depuis le début de l'après-midi, multipliant les coups de fil. Ordre avait été donné de ne pas la déranger.

De son côté, Isabelle avait rassemblé son équipe.

Hugo était dans une colère noire :

– On m'a bousillé quatre ordinateurs, je suis complètement à poil ! Celui qui a fait ça va passer un sale quart d'heure.

– Je comprends ton exaspération, mais pour le moment, concentrons-nous sur Saurel. Tu as fait des sauvegardes ?

– Bien sûr. Seulement il faut que je récupère les disques durs et que je les reconnecte à une machine en état de fonctionner. Où vais-je trouver ça ?

Isabelle regarda son commandant.

– Christian, tu peux faire le tour des autres brigades ? On a besoin d'un PC en état de marche.

– Je m'en charge.

Hugo se pencha vers elle :

– Si tu t'occupes de l'audition de l'étudiant, je tiens à y assister.

Saurel fut extrait de sa cellule. Cette fois-ci, il ne sollicita pas la présence de son avocat. L'interrogatoire reprit aussitôt :

– Pourquoi avoir quitté sans préavis le lieu de votre stage ?

Pas de réponse.

– Pourquoi utiliser des téléphones jetables ?

Il sourit :

– Pour éviter que les Ricains écoutent mes conversations.

Quelques minutes plus tard, Charolle entra dans la salle, un papier dans les mains.

– Isa, tu peux venir avec moi ?

Elle se leva, vérifia les menottes du jeune, puis rejoignit Charolle à l'extérieur de la pièce.

Il lui présenta le document :

– Le GIR nous a faxé le relevé des opérations bancaires du gamin. J'ai marqué au fluo les mouvements suspects. Le mois dernier, il a encaissé en quatre fois 12 000 euros. Selon l'établissement, l'argent proviendrait d'une plateforme *Peer to peer* qui permet d'échanger des euros en bitcoins.

– C'est quoi, des « bitcoins » ?

– Une monnaie virtuelle qui sert à acheter sur internet. Elle repose sur une technologie qui fonctionne sans organe de contrôle, les transactions sont anonymes. Pas étonnant qu'on retrouve ce système de paiement dans tout un tas de trafics.

– Merci, Christian.

– N'oublie pas qu'en l'état, cette information ne peut être ni évoquée ni jointe à la procédure.

– C'est bien noté, on y retourne et on attend la réquisition du juge avant de pouvoir interroger Saurel sur ces bitcoins.

Dans la salle de garde à vue, le feu roulant des questions s'enchaîna. Hugo, Isabelle et Christian ne laissaient pas retomber la pression.

– Tu as dupliqué la clef d'*Epiotronic* donnant accès à la zone protégée. Ensuite, tu as pris en photo des documents que tu as expédiés à un commanditaire. Tu as même utilisé une messagerie chiffrée !

L'autre secoua la tête.

Traversé par une colère froide, Hugo brandit un dossier qu'il posa sous le nez de Saurel.

– Tu avais cru effacer les documents de ton ordinateur, mais regarde, tout est là.

Les dossiers s'étalaient sur la table : schéma en coupe détaillé du modèle de pacemaker *Epiotronic* EP21-X34, identification des condensateurs, descriptif du logiciel utilisé pour contrôler la courbe de tension du circuit.

Charolle pointa les tampons « Confidentiel entreprise ».

– Tu n'avais pas accès à ces documents dans le cadre de ton stage. Pour commencer, tu vas écoper d'une plainte pour « vol et abus de confiance ». Les Allemands ne vont pas te louper, tu peux me croire.

L'étudiant cillait légèrement.

Charolle s'approcha et dit de sa grosse voix :

– Allez, tu signes en bas des pages et on t'emmène devant le juge.

Isabelle se pencha, les deux mains posées sur la table, à quelques centimètres de la tête du jeune :

– Tu devines la suite, garçon. Tu es complice d'un double meurtre et tu vas passer dès ce soir ta première nuit en prison.

Alors, Victor Saurel éclata en sanglots.

Ils le laissèrent pleurer un moment.

– Je... je croyais que seuls les plans l'intéressaient, qu'il voulait les revendre et se faire du fric avec un autre laboratoire...

Il renifla.

– ... La presse a parlé de cyberattaques, de pacemakers détruits à distance. C'est là que j'ai réalisé.

– Qui a passé commande ? tonna Charolle.

Le jeune secoua la tête.

– Je ne l'ai jamais rencontré, on communiquait uniquement par messagerie. C'est lui qui m'a contacté en premier. Il disait vouloir une expertise, c'était bien payé.

– Son nom ? demanda Isabelle en haussant le ton.

– M4STER SHARK.

– Quoi, un putain de pseudo, c'est tout ? s'exclama Charolle.

Isabelle ajouta :

– Le fric que t'as touché, c'était des bitcoins ?

– Oui.

– Ce SHARK, il doit te recontacter ?

– Non.

– C'était son idée, le téléphone jetable ?

– Oui, on ne devait jamais utiliser le même numéro quand on s'appelait.

C'est cuit pour notre triangulation, songea Isabelle. *À quoi bon localiser un portable qui n'est sans doute déjà plus en activité ?*

Un silence.

Charolle reprit l'interrogatoire :

– Tu as une idée de ce qu'il va faire maintenant ?

Saurel baissa les yeux. Ses jambes s'agitaient nerveusement.

– Il va me punir pour vous avoir parlé.

– On te protègera, tenta le commandant.

L'autre partit dans un rire nerveux :

– Il sait tout. On ne peut rien lui cacher !

Isabelle raccrocha le téléphone. Charolle était assis de l'autre côté du bureau.

– Pas de surprise : le juge veut voir Saurel immédiatement. Il va le mettre en examen pour complicité dans l'assassinat des frères Pelland. Il dormira à l'ombre ce soir.

Le commandant haussa les épaules :

– On n'a pas pris le gamin en traître, il était prévenu.

– Malheureusement, conclut Isabelle, le hacker court toujours, et comme les flux en bitcoins sont intraçables, nous n'avons aucune idée de l'endroit où il crèche.

Elle passa ses mains sur son visage.

– Il faut qu'on comprenne comment M4STER SHARK a pu détruire les ordinateurs d'Hugo.

Isabelle allait faire son compte rendu à Ludivine Rouhand quand elle la vit, encadrée de deux hommes en costume sombre. Elle connaissait vaguement celui de droite, le commissaire divisionnaire Le Gall. Il avait la mine des mauvais jours. Rouhand lui demanda de la suivre dans son bureau.

Ils se retrouvèrent tous les quatre.

Sa chef n'en menait pas large. Visiblement, Le Gall venait de prendre les commandes.

Il déclara, froidement :

– La PJ de Nantes fait l'objet d'une cyberattaque en règle. Nous devons immédiatement prendre des mesures de protection.

Isabelle hocha la tête. Elle attendait la suite.

– C'est vous qui travaillez sur le dossier Pelland ?

– Oui, monsieur.

– Quelle est votre opinion ?

Elle prit une seconde pour rassembler ses idées. Le Gall avait la réputation de ne pas tergiverser.

– À ce stade, nous cherchons un hacker qui se fait appeler M4STER SHARK ; il vit près d'ici et il va se manifester de nouveau, très vite. Il sera furieux de voir que nous ne cédons pas à son chantage.

Le directeur se tourna vers celui qui l'accompagnait, un collègue visiblement.

– Je te passe la main, Daniel.

Le policier mesurait près de deux mètres, le front large. Une grosse paire de lunettes aux branches en plastique noir mangeait une partie de son visage.

Il fit un pas en avant :

– Daniel Guérin, directeur régional de la sécurité intérieure. Capitaine, veuillez rassembler tout le personnel de l'antenne en salle de réunion. Immédiatement !

23

La salle accueillait avec peine tous les fonctionnaires présents. Les mines étaient graves.

Le patron de Rennes fit un geste pour ramener le silence.

– Je vous demande d'écouter avec attention ce que va vous dire le commissaire Guérin. Nous avons la chance de l'avoir dans cet immeuble et son expertise nous sera précieuse.

Sur ces mots, son collègue présenta un carton qu'il déposa au centre de la salle.

– Afin que cette réunion demeure confidentielle, je vais vous demander à tous de placer vos téléphones portables à l'intérieur. Ceci concerne vos appareils professionnels, mais aussi personnels. Ce carton sera maintenu en dehors de la pièce…

Il perçut le scepticisme qui sourdait dans les rangs.

– … Il est facile de transformer un smartphone non protégé en téléphone espion ; ce que je vais vous dire doit rester secret. Il en va de la sécurité de chacun d'entre vous.

Quelques minutes plus tard, Guérin se posta au centre du cercle formé par les hommes et les femmes de la PJ nantaise.

– Connaissez-vous les objectifs de la DGSI ?

Quelques hochements de tête.

Un gars en tee-shirt et blouson de cuir lança :

– Vous traquez les terroristes.

– En effet, mais pas seulement. La DGSI a pour mission de protéger les intérêts fondamentaux de la nation et à ce titre, elle lutte contre les cybermenaces. Maintenant, voilà où vous en êtes. Ceux qui viennent de vous frapper n'ont pas comme mobile l'argent. Leur but est de faire échouer une enquête pour meurtre. Ils sont habiles et très déterminés…

Guérin marqua une légère pause.

– … Quand la PJ est attaquée, c'est l'État qui est visé. Nous sommes tous concernés, tous impliqués. Une guerre nous a été déclarée, et cette guerre nous la gagnerons si nous mettons en place un plan de sécurité sans faille.

– Nous allons procéder en plusieurs étapes, compléta Le Gall.

Son collègue reprit :

– Après nous être assurés que tous les postes informatiques concernés par l'incident sont bien en quarantaine, il faudra écarter tous les supports qui ont été en contact avec les machines infectées : clefs USB, disques durs, mais aussi cigarettes électroniques. Elles ont besoin des ordinateurs pour se recharger. Sans oublier vos téléphones personnels : ils se connectent habituellement aux réseaux sans fil et, de ce fait, ils sont vulnérables.

Le taulier de la DGSI balaya la salle du regard :

– Des programmes malveillants et invisibles ont contaminé ce service, il faut les bloquer immédiatement. J'ai demandé des renforts techniques au ministère de l'Intérieur. En les attendant, établissez l'architecture du système informatique.

Le Gall s'adressa de nouveau à l'assistance :

– À partir de maintenant, des règles comportementales drastiques devront être appliquées par tout le monde : interpeller et signaler toute personne étrangère au service et non munie de badge, n'ouvrir aucune pièce jointe suspecte dans vos messageries, et ne plus avoir recours qu'aux communications téléphoniques filaires, dans les bureaux. À l'extérieur, vous privilégierez les terminaux du système radio Acropol. Je vous rappelle qu'il s'agit d'un réseau radio numérique chiffré particulièrement robuste. Il ne demande qu'à être utilisé.

Pendant toute la réunion, Ludivine Rouhand était restée dans un coin, les bras toujours croisés sur sa poitrine.

La salle se vida, le patron de la sécurité intérieure interpella Hugo Esservia :

– C'est vous qui vous occupez des investigations informatiques ?

– Oui, monsieur.

– Montrez-moi les machines qui ont grillé.

Au sein du local technique, il présenta les cartes mères et les composants qui avaient été touchés.

– Vous avez une explication ?

– Ce n'est pas un virus qui peut faire ça et, de toute façon, ces machines ne sont pas reliées à internet.

– Alors ?

– Une attaque physique, probablement. On a connecté quelque chose sur mes ordinateurs, un truc qui leur a balancé une violente décharge électrique.

Rouhand crut bon d'ajouter :

– Personne ne peut entrer dans le service sans badge d'accès et les portes sont blindées.

– Vous n'avez pas de caméras ?

– Si, bien sûr, répliqua Hugo, mais l'attaque s'est produite durant la pause de midi. Approximativement entre 12 h 10 et 13 h 40. Je suis allé jeter un coup d'œil sur le terminal qui enregistre les séquences, mais…

– Quoi donc ? fit Guérin.

– Quelqu'un a effacé la bande.

– C'est maintenant que vous le dites ! s'emporta Rouhand.

– J'avais aussi une garde à vue à gérer, ça et tout le reste !

Guérin se tourna vers ses collègues commissaires :

– Eh bien, voilà qui est clair ! Un complice du hacker se trouve parmi nous.

24

Dans le bureau de Ludivine où désormais tous les écrans étaient éteints, débranchés et rassemblés sur une table en attente d'être expertisés, la jeune commissaire essayait de reprendre l'initiative. En face d'elle, Guérin et Le Gall, penchés au-dessus d'une liste de noms.

– Voilà tous les fonctionnaires qui travaillent au service aujourd'hui, fit-elle. Tous les autres sont en congés ou en déplacement.

Une vingtaine de noms.

– Qui est de permanence, cette semaine ? demanda le directeur de Rennes.

Ludivine partit consulter son parapheur.

– Jean-Michel Metivier, un brigadier major.

– Où est-il, ce monsieur ? fit Guérin d'un ton sec.

Elle dut se renseigner de nouveau.

En revenant dans son bureau, elle était pâle.

– Il s'est fait remplacer pour la journée… un malaise vagal.

– Il était là en fin de matinée ?

– Facile à vérifier. Il faut voir quand son badge a activé pour la dernière fois la cellule menant au bloc B où se trouve l'atelier d'Hugo Esservia.

Sur ces mots, elle passa un coup de fil à l'état-major. L'information tomba deux minutes plus tard.

– Il est entré à 12 h 30.

– Et quand est-il sorti ?

Elle réfléchit une seconde.

– Il n'est pas nécessaire d'activer un badge pour aller à l'extérieur, mais s'il a quitté le bâtiment par l'accueil, la caméra qui filme les entrées et sorties l'aura repéré.

Tout le monde se rendit à la salle qui gérait les vidéos de surveillance de l'hôtel de police.

En faisant défiler l'enregistrement depuis 12 h 40, Ludivine reconnut la silhouette du fonctionnaire. Il se hâtait.

– Dix minutes à peine, entre son entrée dans le bloc B et son départ précipité du bâtiment.

– C'est assez pour détruire trois ordinateurs ? demanda Le Gall.

La question fut posée à Hugo Esservia quelques minutes plus tard. Il confirma :

– Suffisant pour faire subir une surtension à mes bécanes.

– Il nous faut entendre ce fonctionnaire immédiatement, déclara Le Gall.

– J'envoie une équipe le récupérer à son domicile, fit Ludivine. En attendant, on va examiner son bureau.

Hugo ajouta :

– Metivier habite une maison dans le centre-ville, il vient en bus au boulot. À sa place, je me serais vite débarrassé de ce qui a servi à bousiller les ordinateurs.

– Mais pourquoi faire une chose pareille, bon sang ! s'exclama la commissaire.

– Ce sera à lui de nous le dire, commenta Guérin. En attendant, je vous suggère de contacter l'Inspection générale de la police nationale.

Ludivine donna des instructions pour que le bureau du fonctionnaire soit inspecté minutieusement.

– N'allumez aucune machine, conseilla Le Gall. On ne sait jamais.

La commissaire appela Isabelle :

– Réunissez une équipe d'une dizaine de personnes et fouillez les abords de l'hôtel de police. Metivier y a peut-être balancé quelque chose. Dans le doute, ramassez !

Peu après, des policiers en civil vérifiaient le contenu des poubelles installées dans les voies environnantes : le quai Henri

Barbusse, la rue Desaix et la place Waldeck Rousseau.

Pour rejoindre le tramway, il fallait emprunter le pont du Général-de-La-Motte.

Isabelle jeta un coup d'œil dans l'Erdre.

S'il a balancé quelque chose à l'eau, avec le courant, on ne le retrouvera jamais.

Les collègues entrèrent dans un bâtiment qui servait de comptoir à billets et de salle de pré-embarquement. Il accueillait les touristes désirant faire une croisière sur la rivière. Un car de retraités venait de se garer sur le parking attenant.

Hugo passait au milieu des visiteurs, s'arrêtant devant chaque poubelle avant d'y plonger les mains. Il avait pris soin d'enfiler des gants de chirurgien. D'ordinaire il s'en servait plutôt sur les scènes de crime.

Les « anciens » lui jetaient des regards désapprobateurs. Il décida d'aller à leur rencontre.

– Vous n'auriez pas remarqué un homme pressé qui se serait débarrassé de quelque chose de bizarre ?

Une vieille dame lui répondit qu'elle avait bien vu une personne lancer un objet près des toilettes.

Hugo se fit conduire vers une autre poubelle qu'il renversa sans ménagement.

Alors qu'il s'affairait, accroupi au milieu des détritus, ses doigts se refermèrent sur des débris.

Il examina les fragments avant de les laisser dans le gant de sa main, retroussé à l'envers. Il retourna aussitôt vers l'hôtel de police.

25

Isabelle et le commandant Charolle retrouvèrent Hugo dans son « atelier ». Ils virent que les ordinateurs détériorés avaient été retirés.

– Les recherches sont terminées, tu as de nouveaux éléments ? demanda Isabelle.

– Je voulais vérifier quelque chose sur internet avant de me prononcer. Maintenant, je n'ai aucun doute.

– Je croyais qu'on ne devait plus se connecter jusqu'à nouvel ordre, grogna Charolle.

– C'est mon ordinateur personnel et je suis relié avec une clef 4G en VPN, la liaison est sécurisée. Ne vous inquiétez pas pour ça.

Il se pencha sur des composants qu'il venait de reconstituer.

– Voilà ce que j'ai déniché au fond d'une poubelle, à deux cents mètres de l'entrée de l'hôtel de police.

– Une clef USB ? s'interrogèrent les autres dans un bel ensemble.

– C'est plus que ça…

Il leur prêta une loupe.

– … En apparence, c'est un support amovible ordinaire, destiné à se connecter à un ordinateur pour effectuer des sauvegardes. Mais si vous regardez à l'intérieur, vous remarquerez que la coque ne renferme pas de mémoire flash, mais un curieux assemblage de condensateurs.

– Pour quoi faire ? demanda Isabelle.

– Pour délivrer des décharges électriques ! Ce petit joujou s'appelle « Usb Killer », il a été inventé par un hacker russe qui a démontré son efficacité dans des vidéos postées sur YouTube. Il suffit de connecter la clef sur un port USB et en une fraction de seconde, elle se charge en courant avant de libérer toute l'énergie accumulée. C'est fatal pour l'ordinateur.

– Faut être un petit malin pour fabriquer un truc pareil, vous voyez Metivier bidouiller ça ? Il est même pas fichu de se souvenir de ses mots de passe.

Hugo secoua la tête :

– Je viens de découvrir que ces saloperies sont en vente libre sur la toile pour à peine cinquante euros. Elles sont produites par une société de Hong Kong.

– Reste à relier notre collègue à cette clef, objecta Isabelle. Tu as relevé une trace papillaire ?

Hugo secoua la tête avant de s'exclamer :

– Merde, j'avais un témoin parmi le groupe de petits vieux. À l'heure qu'il est, ils ont dû embarquer pour leur virée sur l'Erdre.

Isabelle sourit :

– On appellera la capitainerie pour savoir à quelle heure le bateau revient de son périple. Tu n'as qu'à préparer une convocation d'ici là. Tu la remettras en main propre à son responsable, sitôt la mise à quai.

– Voilà qui est réglé, mais laissez-moi vous dire le plus intéressant. En examinant cette curiosité électronique à la loupe, j'ai dégoté un poil entre deux condensateurs. Je l'ai récupéré avec un écouvillon pour prélèvement d'ADN. J'aurais préféré une trace « riche », comme de la salive, du sperme ou du sang, plus rares sur une clef, mais ça fera l'affaire.

Il exhiba dans sa main un tube de polypropylène.

Charolle se gratta le menton.

– Futé. Si c'est Metivier qui a acheté la clef USB, le poil appartient peut-être à celui qui l'a bidouillée. Espérons que ce ne soit pas celui d'un Chinois, à l'autre bout de la planète. Notre enquête n'avancerait guère.

– On trouve sur internet différents modèles d'« USB Killer », mais rien de comparable avec celui-là, objecta Hugo. J'ai l'impression qu'il a été modifié.

Isabelle se leva.

– Je vais demander l'avis du commissaire Guérin.

Au moment où elle sortait, Charolle lui attrapa le bras :

– Isa, et si tu rendais compte d'abord à Ludivine ? Elle traverse une mauvaise passe et un peu de solidarité serait bienvenue. C'est nous qui avons trouvé cette clef, profitons-en pour reprendre vite la main. La PJ doit rester maîtresse chez elle. Quant à la DGSI, elle est certainement très performante dans son domaine, mais même s'il y a cyberattaque, nous savons que celui qui l'a lancée est dans les parages. C'est un mec qui saigne, transpire et chie comme les autres. On est capables de l'attraper nous-mêmes.

– Et parfois, il se rase, sourit-elle en regardant le prélèvement. Tu as raison. J'en profiterai pour lui demander d'appuyer notre demande d'analyse ADN auprès de l'Institut national de police scientifique, à Écully.

– Si l'ADN du poil est connu du fichier des empreintes génétiques, notre pirate a du souci à se faire, conclut Charolle.

26

Metivier habitait avec sa famille dans une maison bourgeoise du centre-ville, avenue des Acacias. Les consignes étaient de le cueillir en douceur, sans esclandre. On craignait moins d'inquiéter son épouse, dont nul n'ignorait les rapports tendus qu'elle entretenait avec le policier, que de déclencher chez elle la curiosité de l'avocate émérite qu'elle était professionnellement.

Le hasard fit bien les choses, car Metivier sortit de chez lui vers dix-sept heures. Devant la boulangerie située au bout de la rue, il tomba sur deux collègues qui l'attendaient sur le trottoir. Ils n'eurent pas à parler, le visage de leur collègue se décomposa tout seul.

– Il faut que tu nous suives, lança le premier.

Le second désigna la baguette de Metivier.

– Tes gamins se contenteront de biscottes avec leur fromage.

Durant le trajet, le flic ne décrocha pas un mot. Il fixait les passants au dehors.

Dans le couloir de l'antenne de police, les collègues le dévisageaient par en dessous.

On le fit entrer dans le bureau de la commissaire en présence des deux patrons de la direction interrégionale et de la DGSI. Ludivine avait repris du poil de la bête. Elle tenait les rênes du service et Metivier était sous sa responsabilité.

Il s'était porté volontaire pour articuler toute la procédure des frères Pelland ; il avait accès à tous les procès-verbaux, ça n'était peut-être pas un hasard, songea-t-elle.

Toute cette affaire était bien gênante.

Pour une première affectation, te voilà servie...

Elle prit la parole :

– Bonjour, Jean-Michel. Veuillez vous asseoir, s'il vous plaît.

Le brigadier avança mécaniquement vers une chaise avant de se laisser tomber dessus.

– Vous ne nous sentez pas bien ?

Il murmura quelque chose d'indistinct.

– Je n'entends pas.

– Non, pas très bien.

– Vous avez peut-être quelque chose sur la conscience, lâcha Le Gall, d'une voix dure.

Les mains du brigadier tressaillirent.

– Pourquoi avoir détruit les ordinateurs de votre collègue Esservia ? demanda la commissaire.

Il fixait le sol, mutique.

– Écoutez, Jean-Michel, vous êtes un policier d'expérience, aussi je vais vous parler avec franchise. Nous avons prévenu l'inspection générale, et une procédure administrative à votre encontre est dans les tuyaux. Que puis-je ajouter ? Le dossier est solide, les charges sont lourdes. La seule chose qu'il vous reste à faire, c'est de tout nous raconter.

Le Gall poursuivit :

– Dans le cas contraire, l'enquête ira vite et l'issue sera exemplaire. Vous avez ma parole.

Metivier releva la tête :

– J'ai… j'ai été piégé.

Ludivine s'approcha :

– Par qui ?

– Je l'ignore.

Dans sa gorge, une boule dure et sèche.

– Je m'étais inscrit sur un site libertin, le genre d'endroit où des femmes mariées rencontrent des hommes plus jeunes qu'elles. J'étais connecté depuis quelques jours, j'avais besoin de décompresser, d'un peu d'oxygène… Mon couple est un naufrage.

Le silence autour de lui. Ce n'était pas le moment de l'interrompre.

Plus rien n'avait d'importance. Metivier vida son sac :

– Ma femme ne veut plus que je la touche, ça fera deux ans bientôt…

Il s'adressa un petit rictus méprisant.

– … Comment on peut imposer ça à son mari ? Vous le feriez, vous ? Laissez-moi vous dire : c'est une garce, une salope. Je suis persuadé qu'elle voit quelqu'un dans ces réunions politiques qui finissent toujours si tard.

Il croisait et décroisait ses pieds sous sa chaise.

Le Gall prit un ton plus adouci :

– Ce n'est facile pour personne, et vous n'êtes pas le premier à qui ça arrive. Nous, c'est la suite qui nous intéresse. Que s'est-il passé ?

Metivier remonta le fil des événements :

– Tout de suite après mon inscription, une femme m'a contacté. Nous avons vite sympathisé. Puis, de fil en aiguille, elle a commencé à me chauffer.

– Vous vous êtes déshabillé devant votre webcam ? demanda Le Gall.

– Oui.

– Et après ?

– Nous avons échangé des mails.

– Comment s'appelle-t-elle ?

Metivier plongea la tête dans ses mains avant d'éclater en sanglots.

Le Gall prit le téléphone et lui commanda un café. Ils le laissèrent mariner dans son jus un moment. C'est Guérin qui siffla la fin de la pause.

– Son nom, Metivier !

– Elle n'existait pas, je veux dire pas vraiment. La vidéo que j'ai vue, c'était une exhibition qui provenait d'un site porno, je l'ai compris trop tard.

– On vous a fait chanter ? conclut Ludivine.

– Quelqu'un m'a adressé une vidéo sur ma boîte mail : c'était moi qui me...

Un silence. La suite, il la bredouilla :

– ... masturbais. Si je n'exécutais pas les ordres... la séquence serait diffusée partout sur internet.

– Les consignes, c'était de détruire les ordinateurs ?

– Oui.

– Quand les avez-vous reçues ?

– Hier soir.

– Vous avez une trace de cette « commande » ?

Il fit non d'un mouvement de tête.

– C'était sur Skype : une personne dissimulée dans le noir. Je crois qu'elle utilisait un programme pour transformer sa voix.

Guérin se leva, songeur.

– Celui qui vous a manipulé, comment pouvait-il savoir que vous étiez policier ?

Pour Metivier, cette question sonna comme un coup de grâce. Il ne pipa mot.

Ludivine flaira l'explication :

– Vous vous êtes inscrit sur le site depuis votre messagerie professionnelle ?

– Sur un ordinateur du bureau ! s'exclama Le Gall.

L'autre n'osa répondre.

– Formidable, vraiment !

Elle se donna quelques instants de réflexion puis, levant les yeux vers son directeur, elle comprit qu'il approuvait la suite :

– Jean-Michiel Metivier, si les faits pour lesquels vous êtes aujourd'hui entendu sont avérés, je considère qu'ils constituent une entrave à l'enquête judiciaire en cours et de la part d'un policier, ils sont extrêmement graves. Aussi, afin de garantir le bon fonctionnement de ce service, je dois prononcer votre suspension provisoire.

Le collègue encaissa.

– Levez-vous, s'il vous plaît.

Il s'exécuta.

– Remettez-moi votre arme, votre carte professionnelle et votre badge d'accès à l'antenne de la PJ.

Le Sig Sauer rebondit lourdement sur le bureau.

– Vous allez rejoindre le commandant Charolle qui va prendre note de vos déclarations. Ensuite, je ne veux plus vous voir ici. Rentrez chez vous et restez à la disposition du service.

Le fonctionnaire s'apprêtait à sortir quand Guérin lança :

– Où avez-vous déniché cette saloperie de clef ?

Il rassembla un peu de salive avant de répondre :

– Dans une ancienne fonderie, cachée dans une machine.

– À Nantes ?

Il fit un mouvement de la tête.

– Je devais la prendre à une heure précise, je n'ai croisé personne.

– Avez-vous reçu un coup de fil avant de récupérer la clef ? demanda Guérin.

– Non, tout s'est décidé la veille, sur Skype.

27

Une fois le brigadier conduit à l'extérieur, Guérin avait été appelé par le préfet, et Ludivine se retrouva seule avec le directeur de Rennes. Le Gall la regardait en souriant.

– Vous vous en êtes très bien sortie et vous avez fait ce qu'il fallait.

Elle passa une main sur son visage.

– Quelle tension… !

– Le rôle de chef de service est loin d'être facile, c'est une responsabilité solitaire qui implique de savoir trancher. Hier vous étiez en difficulté, et il était urgent que vos hommes sentent que c'est vous qui dirigez la boutique. Après ce qui vient d'arriver dans ce bureau, je suis convaincu que désormais, nul ne l'ignore plus.

Elle se força à sourire à son tour.

– Je n'aurais laissé passer ce poste à la PJ de Nantes pour rien au monde.

Ses yeux brillaient.

Le Gall hésita avant de faire un pas vers elle. Une main forte serra l'épaule de la jeune femme.

– Vous avez besoin d'évacuer le stress, c'est naturel.

Il remarqua un sachet de mouchoirs en papier sur le bureau. Il le lui tendit.

Elle s'essuya le bord des yeux.

– Maintenant, je vais devoir repartir à Rennes.

– Bien sûr.

– L'enquête est désormais sur de bons rails, mais restez vigilante, Ludivine.

– Comptez sur moi, monsieur.

28

Un peu avant vingt heures, Isabelle se gara sur le parking de *Box Around* : un complexe situé boulevard du Maréchal Juin. C'était la première fois qu'elle s'y rendait. Le groupe hollandais, spécialisé dans le gardiennage sécurisé, possédait des filiales partout en Europe. Celle de Nantes était la plus importante de la région. Les compartiments réservés à la location se trouvaient dans de grands cubes adjacents ou empilés. Des passerelles permettaient de communiquer d'une plateforme à une autre, sans quitter l'enceinte du complexe.

Il faisait déjà nuit quand Isabelle se dirigea vers l'accueil. Les caméras pointées sur la zone de stationnement tournaient 24 heures sur 24, et de puissants projecteurs éclairaient le site comme en plein jour. Sa main serrait la clef confiée par le notaire. Il n'y avait personne à l'accueil. L'endroit était terriblement impersonnel ; elle songea à ces chaînes d'hôtels sinistres désertées par leur personnel, où la solitude vous écrase, dès la nuit tombée.

Tout était silencieux. Couloirs métalliques, portes bleu turquoise. Cinq cents boxes en tout, identiques les uns aux autres. Il lui fallut un moment avant de trouver le sien.

Qu'est-ce que maman pouvait bien stocker ici ? Elle n'a pas dû y mettre les pieds depuis le début de sa maladie, il y a des années. Cette manie de tout garder…

Elle entra la clef dans la serrure. Les consignes du gérant, données la veille au téléphone, lui revinrent en mémoire : « Chaque box ne peut se verrouiller que de l'extérieur. Au bout de 30 minutes, une alarme se déclenche si le code d'accès n'est pas réactivé. »

Quand elle alluma l'interrupteur, elle découvrit que tout était impeccablement rangé. Valises empilées, cartons alignés… et dans un coin, l'horloge de parquet qui avait appartenu à son père, un souvenir familial dont le tic-tac monotone du balancier avait bercé son enfance. Elle ne l'avait plus entendu depuis des décennies.

Par où commencer ?

Le notaire lui avait proposé de mandater une entreprise pour tout vider, mais Isabelle avait préféré le faire elle-même.

Rien ne presse, tu as deux ans devant toi !

Elle commença par une grande malle qu'elle ouvrit délicatement. Elle s'imaginait petite fille, explorant un coffre au trésor. Celle-ci était remplie de la vie de son père. De vieux journaux du XXe siècle : la mort de de Gaulle, les premiers pas de l'homme sur la Lune, le massacre des Harkis en Algérie ou la disparition de Marilyn Monroe. Il y avait également ce gros classeur, bourré d'articles de presse.

Un pincement au creux du ventre. Les souvenirs remontaient à la surface.

Elle avait à peine seize ans et rentrait de colonie de vacances. Sa mère l'attendait seule sur le parking du bus, au milieu des autres parents. Isabelle était bronzée et, au fond de son cœur, se nichait son premier chagrin d'amour. Pourtant, en voyant les traits tirés de Claire, elle avait compris que le pire était à craindre.

– Ton père et moi allons divorcer, lui avait-elle annoncé en démarrant la voiture. Nous avons pris notre décision la semaine dernière. C'est comme ça…

Sur la banquette arrière, Isabelle était silencieuse. La tristesse lui serrait la gorge.

– Je reverrai papa ?

Claire avait haussé les épaules.

– Bien sûr, tu sais combien il t'aime.

Après la séparation, Henri s'était fait embaucher comme vendeur de pièces automobiles pour une marque japonaise. Au prix d'un déménagement à Lyon et de beaucoup de travail, il avait pu racheter une franchise et devenir son propre patron. Les mois passaient, Isabelle avait quitté le lycée et rejoint la faculté de droit. Durant les grandes vacances, elle découvrait un homme malheureux qui cheminait à côté de sa vie. Après avoir été reçue au concours de lieutenant de police, elle avait connu deux affectations avant de réaliser son rêve : intégrer la brigade criminelle au 36, quai des Orfèvres.

Ses mains se posèrent sur l'album. Derrière la page de couverture, une dédicace jetée d'un élégant trait de plume : *À ma fille chérie, Isabelle*.

Son père était mort seul, dans un appartement du quartier Saint-Jean. Les pompiers l'avaient trouvé dans son lit. Son corps avait lâché la rampe, à tout juste soixante-huit ans.

Elle avait fait le voyage à Lyon, plus tard, pour voir où il avait vécu. Une fois à la retraite, Henri s'était adonné à un rêve de jeunesse : devenir chroniqueur judiciaire. On lui avait permis de suivre les audiences du palais de justice. Sa partie, les piges relatant les faits divers..., il avait du style et les destins fracassés l'inspiraient. Tous ses articles étaient conservés dans l'album qu'Isabelle serrait contre son cœur.

Quel écrivain aurais-tu fait ! songea-t-elle.

Elle sortit du bloc pour retaper le code d'accès.

Chaque trouvaille lui apportait son lot d'émotion, comme ces quelques jouets : soldats de plomb, lance-pierre, osselets... Des souvenirs de son grand-père paternel, aussi... quand il s'adonnait aux courses de motocyclette : son casque, ses lunettes au cuir craquelé et une boîte pleine de médailles.

Doucement, sinon tu vas pleurer comme une fontaine.

Une demi-heure plus tard, l'album de son père dans les bras, elle refermait le coffre de sa voiture. Dans les environs, elle remarqua soudain un détail qui lui avait échappé jusqu'alors.

Une usine désaffectée, tout près. Elle était souvent passée devant sans s'arrêter. Isabelle vint se garer à côté. Un panneau sur la façade, mangé par la rouille :

Fonderie Fernandez & Fils
depuis 1894

Elle hocha la tête.

C'est là que Metivier est venu récupérer sa clef USB « tueuse », quelque part à l'intérieur.

L'ancienne manufacture n'était plus qu'une friche industrielle. Les grillages étaient éventrés et les grapheurs avaient fait du site un spot de l'underground nantais.

Isabelle prit une lampe torche dans son coffre.

Puisque tu es là, autant aller jeter un coup d'œil.

Elle aurait préféré être accompagnée de Metivier, mais l'IGPN s'apprêtait à l'entendre.

Les explications que son collègue avait livrées dans sa dernière audition étaient précises : une « boîte aux lettres morte » planquée dans un ancien manomètre, une machine couleur ocre avec une cuve, dans la salle principale. La clef se trouvait derrière « le cadran qui n'avait plus d'aiguille ».

Elle s'arrêta à la lisière d'une pièce immense. Au-dessus, la grande verrière était brisée et des éclats parsemaient le sol. Le faisceau de sa lampe les faisait scintiller.

Isabelle s'engagea dans la salle, des tessons de verre crissèrent sous ses pas.

Qu'est-ce que tu cherches, exactement ?

Elle l'ignorait. La machine était là avec ses compteurs, enveloppée dans un linceul de poussière.

Elle pensa avoir trouvé la fameuse cachette. Sa torche en explorait tous les détails, ses mains gantées fouillaient à l'intérieur.

Rien.

Elle allait ressortir quand ses yeux tombèrent sur un étrange symbole dessiné à la bombe.

Un signe cabalistique ?

Par réflexe, elle le prit en photo avec son téléphone. Au moment où elle le rangeait dans sa poche, un bruit insolite mit ses sens en éveil. Elle tendit l'oreille. Des grattements quelque part.

Elle n'était pas seule.

29

La camionnette s'était garée dans une ruelle, à l'écart du boulevard. Un homme en sortit et rabattit aussitôt une capuche sur sa tête. Il se méfiait des caméras de vidéosurveillance du quartier. Des équipements anciens, difficiles à pirater. Il n'aimait pas.

Quelques minutes plus tard, il entrait dans une pièce plongée dans le noir.

– Bonjour, ma chérie.

Une voix enfantine s'échappa des ténèbres :

– Bonjour, papa.

Il alluma. Dans un coin, un vieux matelas et les restes d'un repas. Des bouteilles d'eau et quelques peluches.

– Comment vas-tu, ce matin ? demanda la môme.

Un bruit de toux.

– Bien.

Sur une table, au milieu de la pièce, un large écran collé à une unité centrale.

L'homme garda ses mitaines, de la buée sortait de sa bouche.

– Je dois travailler, on bavardera après.

Pas de réponse.

Une fenêtre s'ouvrit sur le moniteur : un carré noir, rayé de lignes de codes verdâtres.

Il cliqua sur l'onglet **CELL PHON** qui contenait une vingtaine de numéros de téléphone. L'un d'eux l'intéressait tout particulièrement. Il décida de l'activer à distance ; il évoluait dans les paramétrages qui le conduisirent à la fonction *Dictaphone*.

Une ligne apparut pour proposer :

Enclencher le dictaphone ?

Bien sûr, mais à condition de maintenir l'écran du téléphone éteint. Voilà…

Il augmenta le volume.

Des froissements désagréables, l'appareil devait se trouver dans une poche. Plusieurs voix qui conversaient, l'une d'elles était féminine. Ambiance tendue. Des éclats.

Couillon, t'as des soucis avec tes collègues ?

Il mit un casque pour mieux se concentrer sur les sons. Au bout de quelques minutes, la situation lui sembla claire.

Tu t'es fait serrer, pauvre cave.

Il contemplait l'écran, immobile.

Tu connaissais le tarif...

Il ferma la fenêtre et se brancha sur internet à l'aide d'un logiciel qui rendait son adresse IP anonyme en modifiant la géolocalisation de sa machine.

L'homme se connecta sur un site web qui hébergeait des vidéos en ligne et affirmait compter plus d'un milliard d'utilisateurs. Il téléchargea une séquence de trois minutes et l'intitula : « À Nantes, un keuf se masturbe devant sa webcam ». Il ajouta sous la vidéo une série de mots-clés afin de faciliter le travail des moteurs de recherche. L'un d'eux se composait d'un prénom suivi d'un nom : « Jean-Philippe Metivier ». Pour finir, il installa un lien vers les comptes Facebook des enfants du policier, puis un dernier vers Jurisnet, le réseau social des juristes où son épouse avait une page professionnelle.

Quand tout fut en place, l'homme appuya sur la touche **VALIDER**. Il n'avait pas hésité une seconde.

La vidéo était maintenant en ligne. La dernière qu'il avait diffusée avait été vue par 250 000 personnes. Le même genre de scène.

L'homme se leva et se dirigea vers l'interrupteur.

– On parlera une autre fois, papa a encore des choses à faire.

Il éteignit et referma la porte à clef. À l'intérieur, la voix de l'enfant s'était tue.

30

Pistolet dans la main, Isabelle s'était dissimulée dans un coin de la fonderie.

Les bruits de pas se rapprochaient. Une forme apparut à l'entrée.

– Isabelle ?

Elle rangea son arme, interloquée.

– Jérôme ? Qu'est-ce que tu fous là ?

– Je pourrais te poser la même question. Je rentrais du musée quand j'ai vu ta voiture garée sur le côté. J'ai pensé que tu étais peut-être en panne.

Elle sourit en pointant un mur de son index.

– Toi qui es un spécialiste de Jules Verne et des énigmes, ce dessin t'inspire quelque chose ?

Il leva la tête.

– Deux demi-cercles dos à dos ? Jamais vu. Un truc imaginé par la pègre ou une société secrète ?

Elle haussa les épaules.

– Sortons d'ici, cet endroit me fiche la chair de poule.

À la brigade, le lendemain, Isabelle retrouva Hugo Esservia.

– Tu pourrais m'apporter des lumières sur ce truc ?

Elle lui montra la photo prise dans la fonderie. La réponse ne tarda pas :

– *Warchalking*.

Elle écarquilla les yeux.

– Tu peux traduire, Einstein ?

– C'est un code graphique qui s'inspire de celui utilisé par les « hobos », des sans domicile fixe qui se déplaçaient de ville en ville aux États-Unis, pendant la première moitié du XXe siècle. À l'origine, des symboles à la craie renseignaient sur la présence de zones accueillantes ou dangereuses pour les routards. Aujourd'hui, ils signalent plutôt celle de réseaux de communication internet sans fil, gratuits et ouverts. Les habitués les repèrent avec une antenne et un logiciel « renifleur » en se baladant le long des rues. Ensuite, ils les localisent à l'aide de peinture, d'une craie sur les murs ou directement au sol. En les voyant, les connaisseurs savent qu'ils peuvent se brancher sur internet à l'œil. Un smartphone ou un PC portable suffisent, bien sûr.

– Donc, la fonderie serait une porte d'accès au web ?

– Oui, mais la zone d'émission est certainement plus large. Il est possible que ce soit la ville elle-même qui ait mis ce réseau à disposition. D'ordinaire, les connexions sont offertes dans des espaces publics comme une terrasse de café, un aéroport ou une bibliothèque.

– Et c'est intéressant pour notre enquête ?

Hugo gratta un reste de barbe sur son menton.

– Un réseau WI-FI ouvert, c'est le terrain de jeu idéal pour les hackers. Ils l'utilisent en chiffrant leur propre connexion, ce qui les rend anonymes et leur permet de se livrer à tout un tas de trafics.

Isabelle réfléchissait à voix haute :

– Notre hacker connaît le coin et il a nécessairement dû s'approcher au plus près des frères Pelland avant d'introduire un logiciel malveillant dans leur prothèse. Attends une seconde, il nous faut un plan de Nantes !

Avec des trombones, elle marqua l'emplacement des domiciles des jumeaux puis celui de la fonderie.

– Un mouchoir de poche ! s'exclama Hugo.

– Moins d'un kilomètre de côté.

Ils contemplaient la carte en silence.

La commissaire Rouhand entra à ce moment-là :

– Que faites-vous ?

Isabelle leva la tête et pointa un index dans le triangle :

– Le hacker se trouve là, quelque part.

31

Ce matin-là, au siège de l'Institut national de police scientifique à Écully, le commissaire Tissot réunissait les techniciens de la section Biologie. La cafetière glougloutait, rassurante, les tenues étaient décontractées. C'était l'occasion de faire le point sur les analyses en cours. La veille, pas moins de 17 dossiers contenant 42 scellés étaient arrivés sur leur bureau. Tout était urgent, évidemment.

– Il faudrait commencer par les trois homicides, fit le taulier. La 3555, la 3123 et la 4863.

– Et la 5141 ? ajouta un expert, les collègues appellent depuis une semaine…

Tissot parcourait son tableau, songeur :

– Il y a aussi l'affaire de Nantes, pas banale ! Qui peut s'en charger aujourd'hui ?

Un technicien leva la main.

– Ok pour moi !

Une heure plus tard, le fonctionnaire Springer, revêtu de sa combinaison stérile, pénétra dans une salle blanche et ouvrit le sachet muni d'un code-barres qui contenait le poil récupéré dans la clef USB. L'analyse ADN fut confiée à un robot qui le préleva avant de le déposer dans un puits rempli d'une solution liquide. La machine pouvait étudier 96 échantillons simultanément. Dans une autre salle, l'ADN de base subit une amplification génique baptisée « réaction en chaîne par polymérase ». Elle multiplia un milliard de fois les séquences contenues dans le poil. Le résultat atteignit une concentration permettant l'identification finale. Les produits issus de la réaction de séquençage furent ensuite séparés par électrophorèse.

Peu après, Springer confia le résultat à un opérateur chargé du fichier national automatisé des empreintes génétiques. La base de données renfermait les caractères héréditaires de près de trois millions d'individus.

– Alors ? demanda le technicien.

Le collègue plissa les yeux sur son écran.

– Je crois que tu peux appeler Tissot, on a quelque chose !

Ce soir-là, assise dans la cuisine de son appartement, Isabelle rangeait de vieilles photos dans un carton. Elle les avait récupérées dans le box loué par sa mère.

En brassant les images, les souvenirs du passé faisaient écho à ceux enfuis de l'esprit de Claire. Elle sourit en se voyant sur un petit tricycle, dans le salon de la maison familiale, à Rezé. Sur une autre photo, sa sortie de l'École Nationale Supérieure de la Police, à Cannes-Écluse. C'était en 2002, son père était déjà mort. Il aurait été tellement fier d'elle. Le soir même, dans la chambre qu'elle s'apprêtait à quitter pour de bon, elle avait contemplé sa carte d'élève officier et pleuré à chaudes larmes.

Aujourd'hui, elle tournait les pages de l'album. Les chroniques judiciaires du TGI de Lyon : une fenêtre sur la misère du monde. Elle parcourut quelques articles avant de relever la tête. Cet album, sa mère le lui avait remis après sa mutation à Nantes. Pourquoi si tard ? Isabelle se l'était souvent demandé. Dans le T2 du quartier Saint-Jean qu'occupait Henri, peu d'objets avaient de la valeur. Après sa disparition, un notaire avait fait adresser quelques colis au domicile de sa mère. Un carton était pour Isabelle, il contenait l'album de son père. Claire Mayet avait décidé de le cacher, et sa fille n'en avait rien su durant des années. Elle l'avait trouvé presque par inadvertance et, à ce moment-là, sa mère était déjà dans les brumes d'Alzheimer.

Pourquoi ces mystères, maman ?

Elle savait juste qu'entre ses parents, malgré la distance et le temps, la rancune était restée tenace. Aucun des deux n'avait refait sa vie. Ils avaient quitté ce monde, fâchés. Elle trouvait ça tellement triste.

Isabelle se redressa et essuya ses yeux d'un revers de manche.

32

Elle avait souhaité que le commandant Charolle l'accompagne, c'est lui qui conduisait. Ils se garèrent devant le domicile de Metivier. Une heure plus tôt, le juge avait demandé qu'on lui présente le fonctionnaire. Quant à l'Inspection générale, elle ferait son travail et au rythme où allaient les choses, le collègue vivait probablement ses dernières heures dans la police.

Elle regarda la façade, élégante.

Combien peut valoir une baraque pareille ? Un million ?

Elle se souvenait d'un article paru dans un grand hebdomadaire, consacré au beau-père de Metivier : Alain Régent. L'homme n'avait pas seulement accumulé une petite fortune dans l'agroalimentaire, il avait mené une belle carrière politique. De lui, elle savait qu'il était breton de souche, autoritaire et taiseux. Metivier lui avait confié que ce notable n'avait jamais compris ni accepté que sa brillante fille s'amourache d'un simple flic. Cette mésalliance lui faisait honte et son gendre en avait subi, des années durant, le douloureux contrecoup.

Isabelle songeait à cette triste histoire. S'il n'avait pas eu besoin d'aller chercher un peu de consolation sur internet, il ne serait sans doute jamais tombé dans les griffes du hacker.

Ils s'approchaient du perron quand elle le vit, debout derrière une fenêtre. Du troisième étage, il les fixait avec un air de bête traquée.

Isabelle sentit une boule dans sa gorge.

Un boulot désagréable qui doit être fait.

Elle venait à peine de sonner quand Charolle l'écarta violemment. Ils roulèrent au sol et, au même instant, quelque chose s'écrasa sur le palier.

Quand Isabelle se releva, elle vit le corps de Metivier, face contre terre. Sidérée, il lui fallut une minute avant de réaliser qu'elle était éclaboussée de son sang.

Elle poussa un cri d'effroi.

Quand Ludivine arriva sur place, les sapeurs-pompiers étaient déjà là. Charolle lui fit un signe, visage fermé. Le vieil ours avait chancelé.

La commissaire jeta un bref regard vers la dépouille.

– Quelle horreur !

– Il a sauté du troisième étage au moment où nous nous apprêtions à entrer.

Une pause.

– La famille a été prévenue ?

– Son épouse plaide au palais de justice. J'ai appelé le bâtonnier pour qu'il l'avertisse lui-même ; ils sont proches à ce que j'ai cru comprendre. Quant aux enfants, ils sont en cours. Je ne sais pas dans quel collège exactement.

Ludivine secouait la tête. Sa voix était blanche :

– J'ai peut-être été trop brutale au moment de sa suspension, j'étais loin de m'imaginer les conséquences.

– Metivier était un homme secret, personne au service ne pourra vous dire qui il était vraiment. Il avait ses blessures…

– Et Isabelle, où est-elle ?

– Dans notre voiture, elle est choquée. Il a failli l'écraser en tombant. C'était à un cheveu près.

Hugo Esservia sortait de la demeure du drame, revêtu d'une chasuble grise estampillée PTS.

– J'aimerais vous montrer un truc, là-haut.

Au troisième étage, une pièce cossue faisait office de bureau. Une large fenêtre à l'anglaise était ouverte.

Sur une table, un ordinateur allumé.

Hugo avait enfilé des gants.

– L'écran n'était pas verrouillé, alors j'ai pu jeter un œil. Avant de mettre fin à ses jours, Metivier s'est connecté sur un site de partage de vidéos en ligne. Voilà la dernière qu'il a regardée…

Au bout de quelques secondes, Ludivine demanda qu'on arrête.

– J'imagine l'impact, murmura-t-elle. À l'école des commissaires, un psychologue était venu nous parler de ce type d'agression. Il appelait ça du « Revenge Porn ». D'ordinaire, c'est un petit ami qui supporte mal d'avoir été éconduit et qui se venge en diffusant des images ou des vidéos de son ex dans le plus simple appareil.

– Regardez les chiffres ! dit le technicien en pointant le nombre de vues sur internet, 2 780.

– Et ce n'est qu'un début, j'imagine, souffla Charolle.

Hugo tendit un sac en plastique qui contenait un téléphone jetable.

– Il y a encore de la batterie, je vais vous montrer le dernier message reçu.

Une simple phrase :

T'es une célébrité, maintenant.

Ils restèrent silencieux un instant.

– C'est un coup de M4STER SHARK ? demanda Rouhand.

– On dirait bien, répondit le commandant.

Alors, elle s'adressa à lui, le regard dur :

– Allez retrouver Isabelle et dites-lui de vite se remettre, on a besoin d'elle. Il faut que vous me stoppiez ce salopard avant qu'il ne nous dézingue tous, d'une façon ou d'une autre.

Charolle hocha la tête :

– Je ne sais pas à qui nous avons à faire, mais une chose est sûre, il vient de commettre sa première erreur.

– Laquelle ?

– Il s'est attaqué à la PJ.

Ils approuvèrent.

– C'est notre priorité, conclut-elle. Commandant, il vous reste quelques jours parmi nous, alors retroussez-vous les manches. Je vous donnerai toute l'aide possible, en hommes comme en matériel.

Il sourit avec gravité.

– Un baroud d'honneur ?

– Prenez-le comme vous voulez, mais neutralisez-moi cet enfoiré.

Isabelle fixait la rue, assise sur le siège passager. Charolle prit place en claquant la portière derrière lui :

– Je n'ai jamais vu Rouhand dans un état pareil, elle est prête à bouffer du lion.

La capitaine ne répondit rien.

– Elle veut qu'on mette ce M4STER SHARK hors d'état de nuire, pour laver l'honneur de Metivier. Elle va aussi solliciter la DGSI pour bénéficier d'une aide technique.

Elle le regarda sans rien ajouter. Elle semblait encore sous le choc.

Il prit affectueusement sa main.

– Tu veux que je te dise, cet enfoiré se croit bien au chaud derrière son fichu ordinateur, mais on l'aura quand même, à l'ancienne.

Elle leva les yeux vers lui. Il la gratifia d'un sourire.

– Méthodes PJ, ma grande : on creuse toutes les pistes, on fait le tour des indics et on quadrille le terrain. Quelqu'un a forcément vu quelque chose, quelque part. La chasse ne fait que commencer !

33

La fourgonnette banalisée possédait des vitres teintées. Elle avait fait la route depuis le siège de la DGSI et désormais, elle parcourait les rues de Nantes, à l'intérieur du triangle défini par la brigade criminelle. Le véhicule multipliait tout particulièrement les passages devant l'ancienne fonderie et dans les quartiers où vécurent les frères Pelland.

À côté du chauffeur, un policier avait disposé sur ses genoux une valise « IMSI-catcher ». Achetée à une société de sécurité israélienne, c'était un bijou d'électronique que seuls les grandes firmes ou les États pouvaient se payer. En imitant le fonctionnement d'une antenne-relais de téléphonie mobile, la machine incitait les appareils alentour à s'y connecter. Les policiers recherchaient le numéro à l'origine du SMS trouvé dans l'appareil de Metivier. Qu'il soit encore activé et dans les parages, et la machine le détecterait aussitôt.

À proximité des locaux de la Chambre de commerce, le boîtier émit une alerte sonore. L'opérateur qui s'occupait de l'appareil cria :

– Je l'ai ! Arrête la voiture !

Le chauffeur grogna :

– Je suis au milieu d'un rond-point, attends une seconde.

Il se gara sur le bas-côté.

Le « numéro » était là, tout près.

Les deux hommes sortirent du véhicule et examinèrent les environs.

C'était le soir, la Loire s'étirait sous une épaisse nappe de brouillard et autour d'eux le flot continu des véhicules à la sortie des bureaux. Quelques passants sur les trottoirs.

– Y'a du trafic sur la ligne ? demanda le chauffeur.

L'autre repassa une tête dans l'habitacle pour examiner l'écran.

– Non, il vient de disparaître.

Les deux policiers remontèrent dans la camionnette et prirent la direction de l'ancienne fonderie. Le chauffeur roulait à vive allure, à l'entrée d'un tournant il fit crisser les pneus du véhicule.

À quelques centaines de mètres, un homme longeait une façade couverte de tags, rue Chevreul. Le bruit des pneus attira son attention. Il se retourna et vit la camionnette qui remontait la rue dans sa direction. Quelque chose clochait.

Des vitres teintées.

Il rabattit une capuche sur sa tête et prit la première à droite, une ruelle qui débouchait dans une impasse prolongée par un escalier.

Dans la voiture, le chauffeur remarqua la silhouette qui s'éclipsait sur la droite.

– Le signal est là ? C'est lui ?

– Oui, c'est pratiquement le seul.

La rue était déserte. Dans la nuit, seules quelques voitures apparaissaient puis s'évanouissaient tout aussi rapidement.

Sur l'écran de l'« IMSI-catcher », des numéros faisaient de même au fur et à mesure que disparaissaient les véhicules à bord desquels se trouvaient les téléphones.

Leur cible ne bougeait pas.

Il est à pied.

Le chauffeur arrêta sa voiture.

– Tu fais quoi ? demanda l'autre.

– On vient de dépasser un mec : sac à dos et capuche. C'est bizarre. Garde la mallette, je vais jeter un coup d'œil.

Le policier vérifia l'attache de son arme dans l'étui, de même que la présence de ses menottes. Pas le temps d'attraper son blouson, il courut vers l'entrée de l'impasse. En haut de l'escalier, la silhouette tourna à droite. Le policier la prit en chasse. L'autre entendit les bruits de pas derrière lui et se mit aussitôt à courir. Le quartier lui était familier : des hangars, des parkings clôturés et surveillés par des caméras, des ruelles étriquées.

Le policier arriva à un croisement, il opta pour la droite. À l'embranchement suivant, la silhouette n'était plus là. Il comprit qu'il l'avait perdue.

Coup de fil au collègue.

– T'as toujours le signal ?

– Il vient de s'éteindre.

Un silence.

– Bon, c'est mort. Je ne sais pas qui j'ai coursé, peut-être un rôdeur. Je reviens.

Dissimulé à l'arrière d'un camion, l'homme plongea la main dans la poche de sa veste. Son portable était allumé. Il avait dû s'asseoir, et les clefs dans sa poche avaient mis le mobile sous tension.

Avertissement sans frais. Ne recommence pas ce genre d'erreur.

Il l'éteignit, ouvrit le compartiment où se trouvait la batterie et la retira. Il lui fallut une vingtaine de minutes pour rejoindre son domicile, en empruntant des chemins détournés. Sans prendre la peine d'ôter son manteau, il se dirigea vers le four micro-ondes et jeta la carte SIM à l'intérieur avant d'allumer l'appareil. Un éclair bleu zébra l'intérieur du compartiment. Le composant électronique prit feu instantanément.

– Chéri, que se passe-t-il ?

Il se retourna et fixa la femme en peignoir, assise dans un fauteuil roulant. Visiblement, elle ne s'était pas habillée de la journée. Elle avait dû être belle, mais ce soir, ses cheveux d'un blond filasse tombaient sur ses épaules.

– Je voulais me faire réchauffer un truc, marmonna-t-il. Le four vient de disjoncter. J'en achèterai un autre cette semaine.

Il s'approcha d'elle et lui effleura doucement le menton. Elle prit sa main et la pressa contre sa joue. Ce genre de délicatesse se faisant de plus en plus rare, elle s'efforçait d'en profiter dès qu'elle pouvait.

– Tu es gelé. Il fait si froid dehors ?

Il ne répondit pas.

En relevant une des mèches qui barrait son visage, celui qui s'appelait Samuel observa le regard tourné vers lui. Elle n'y voyait presque plus : une des conséquences de la sclérose en plaques qui l'affectait depuis des années.

– Tu as mangé ? demanda-t-il.

– Non, je t'attendais.

– Va dans le salon, je t'appellerai quand ce sera prêt.

– Tu ne veux pas que je reste là ? J'aime bien t'entendre faire la cuisine. La journée, je suis toute seule…

Il grommela quelque chose avant d'ouvrir le frigidaire.

Quelques heures après, Samuel la sentit se blottir contre lui. Ils étaient allongés dans le noir, elle voulait qu'ils fassent l'amour. Il lui prodigua quelques caresses brèves avant de la pénétrer et de jouir rapidement. En se retournant sur le côté, il sentit vibrer le téléphone posé sur la table de nuit. Sa coque était noire : un modèle ultrasécurisé qu'il avait subtilisé à son ancien employeur.

Il venait de recevoir un SMS de Molly, sa fille : *Bonne nuit, mon papa chéri*.

Samuel sourit.

– Qui c'est ? demanda la jeune femme.

Il reposa le téléphone qui se verrouilla aussitôt.

– Une publicité, rien d'important.

34

Quand Isabelle entra dans le bureau de Rouhand, celle-ci était en grande conversation avec Daniel Guérin, le patron régional du renseignement intérieur. La taulière fit un signe à son officier.

– J'ai besoin de parler aux enquêteurs qui travaillent sur le dossier Pelland.

L'instant d'après, six fonctionnaires se tassaient dans le bureau.

– Depuis quelque temps, commença Rouhand, la DGSI nous prête une assistance technique. Il s'agit d'une aide discrète qui ne donnera lieu à aucun procès-verbal. Pas de papiers, donc pas de preuves exploitables pour le juge, évidemment. Le but est d'orienter notre enquête dans la bonne direction. À nous ensuite de glaner des indices utiles, mais je laisse le divisionnaire Guérin prendre la suite.

– Merci, Ludivine, dit-il en fixant l'équipe de son regard de sphinx.

Il sortit des papiers d'une mallette.

– À la faveur de notre surveillance des réseaux GSM dans le quartier du Bas-

Chantenay et grâce aux analyses ADN effectuées par l'INPS d'Écully, nous pouvons affirmer que M4STER SHARK se nomme en réalité Samuel Serret.

Les membres du groupe se regardèrent. C'était une sacrée avancée, mais Rouhand doucha vite cet élan d'optimisme :

– Aujourd'hui, il a peut-être une identité d'emprunt.

Guérin ajouta :

– La DGSI a entendu parler de lui pour la première fois en 2005. À l'époque, c'était déjà une tronche dans le domaine de l'informatique et des implants neuronaux. Il bossait pour un institut de recherches dans les Yvelines, en cheville avec le ministère de la Défense. Cet organisme étudiait le moyen d'effacer, en tout ou partie, le stress post-traumatique des soldats. Pour ce faire, il essayait de mettre au point des implants cérébraux électriques.

Ludivine fit passer une image auprès de son équipe.

– La DGSI nous a donné le dernier portrait connu de Samuel Serret. C'est un agrandissement tiré d'une photo de son ancienne équipe de recherches, postée sur Facebook.

Isabelle examina le visage : barbe rousse, yeux bleus et nez aquilin.

Assez bel homme. Le genre de mauvais garçon dont j'aurais pu m'enticher, à l'époque.

Guérin continua :

– Fin 2006, Serret a brutalement quitté son poste, emportant des ordinateurs et plusieurs dossiers techniques. L'Institut a porté plainte et on a tout de suite flairé de l'espionnage industriel : peut-être un coup des Russes, mais sans preuves. Malgré les moyens engagés, Serret nous a filé entre les doigts.

Isabelle demanda :

– On connaissait ses motivations ?

Guérin haussa les épaules.

– Pas vraiment. C'était une personnalité fragile qui venait de perdre sa fille unique. De plus, avec son chef de service, le climat était très tendu.

– Il aurait une bonne raison de se trouver à Nantes ?

– C'est là que sa fille a été soignée avant de décéder.

– De quoi souffrait-elle ?

– Leucémie.

Isabelle examina attentivement la photo du groupe.

– SITOM, c'est une mascotte ?

Le visage du commissaire blêmit.

– Qu'est-ce que vous avez dit ?

Elle montra le cliché de l'équipe. Un homme barbu avec de petites lunettes rondes berçait une peluche de singe. Autour du cou de l'animal, un petit panneau avec l'inscription « SITOM ».

Guérin secoua la tête, nerveux. Il se tourna vers la commissaire :

– J'en ai fini avec votre équipe. Si vous êtes d'accord, nous ferons un point régulier sur nos avancées respectives.

Isabelle attendit que Guérin soit parti avant de revenir à la charge :

– Madame, la DGSI nous fait des finasseries ?

– Qu'est-ce que vous voulez dire ?

– SITOM, de quoi s'agit-il ?

Elle fit un geste de la main comme pour chasser une mouche.

– Rien à voir avec notre dossier, le commissaire Guérin me l'a juré. De toute façon, c'est « Confidentiel Défense ».

– Oh là, le gros mot est lâché !

– Ne faites pas de mauvais esprit, Isabelle, la DGSI a des moyens bien supérieurs aux nôtres.

La capitaine croisa les bras avant de rétorquer :

– Quand ce sera le moment de lui passer les pinces, c'est la PJ qui le fera, pas les *Men in black*.

35

Cette nuit, il avait gelé à pierre fendre. Quand Samuel entra dans la pièce, il avait le nez glacé et ses yeux larmoyaient de froid. Il ôta son manteau et le posa sur le dossier d'un fauteuil. En face, des écrans s'alignaient en demi-cercle sur la table. Du matériel high-tech contrastait avec le mobilier, des plus rudimentaires : tréteaux, armoire de récupération et planche en guise de bureau.

Une applique sur le mur indiquait la température ambiante : 14 degrés.

Il posa l'index de sa main droite sur un lecteur biométrique et l'ordinateur s'alluma. Il entra ensuite une série de chiffres et de lettres, et la session s'ouvrit sur le visage d'une jeune fille. Elle rayonnait.

– Bonjour, Molly.

– Bonjour, mon papa chéri.

La voix ne semblait pas artificielle. À peine remarquait-on une légère scansion entre les mots.

– Nous allons travailler ce matin ?

– Oui, en effet.

– Que dois-je faire ?

– Il faut nous protéger, de méchantes personnes sont dehors.

– Molly est attaquée ?

– Pas encore, mais il faut nous préparer.

– D'accord, papa.

– Il y a des caméras autour de ce bâtiment, elles fonctionnent sur un réseau sans fil. Tu peux en prendre le contrôle ?

– Scanneur activé.

Dix secondes passèrent et la réponse tomba :

– Cinq caméras, modèle « Vidéo Secure ».

– Le site du fabricant possède-t-il une page traitant de cybersécurité ?

– Négatif.

– Regarde l'adresse du siège et l'identité du gérant.

– Positif.

– Les caméras sont-elles conformes aux standards de cybersécurité ?

– Lesquels ?

– Tous : ISO 27000, 15408, etc.

Après deux secondes à peine :

– Négatif.

– Parfait, tu devrais rentrer là comme dans du beurre. À toi de jouer, Molly.

– Requête inconnue.

Samuel eut un geste d'impatience :

– C'est une expression qui veut dire « inratable ».

– Ah, oui, d'accord : « très facile », fit la voix d'un ton guilleret.

Une série de lignes s'afficha :

Adresse IP : 181.158.2.

Mot de passe : Oui

Channel : 6

Crash mémoire exploitable : Non

Filtre Mac : 00 07 F1 23 85 9G

Samuel se gratta le menton :

– Va sur Google et récupère la fiche technique de ce modèle.

Molly répondit au bout de trois secondes :

– Positif. Format PDF : 4 pages.

– Un mot de passe d'usine par défaut ?

– Négatif.

Samuel sourit :

– Tu croyais que ce serait si simple ? Lance une recherche étendue sur la toile et dresse la liste des mots de passe d'usine les plus utilisés dans la catégorie : « Systèmes de vidéosurveillance ».

À l'écran, un sablier en forme de spirale tournait sur le front de la gamine.

Durée de la recherche : 5 minutes.

– Parfait, j'ai le temps de me faire un café.

Peu après :

– J'ai trouvé.

La mouflette souriait.

– Combien ?

– Nombre de mots de passe possibles : 800.

Samuel s'étira en bâillant :

– Nous allons voir si le propriétaire des caméras du parking a modifié le mot de passe. Essaye toutes les combinaisons.

Le processeur en forme de cercle fit deux révolutions avant d'afficher :

Analyse terminée, positif.

Molly annonça la bonne nouvelle.

– Accède au flux vidéo et fais-le basculer sur mon ordinateur.

La voix d'enfant s'exécuta. Désormais, il voyait l'entrée principale, la porte de service, l'évacuation de secours et le parking.

– Bravo, Molly.

Pas de réponse, puis :

– Je t'aime, papa.

Une boule dans sa gorge. L'algorithme prévoyait ce type de remarque quand son père la félicitait. Samuel l'avait oublié.

– Moi aussi, ma chérie, je t'aime de tout mon cœur. Pour toujours.

Une pause.

– Encore du travail, papa ?

– Oui. Identification des policiers de la brigade criminelle de Nantes.

Il sortit une carte SIM d'un boîtier et l'introduisit dans une fente située sur le côté de l'appareil.

– Recherche étendue ?

– Oui, si nécessaire.

Réseaux sociaux : OK

Moteurs de recherche francophones : OK

Comptes de messagerie : en cours.

Presse locale et nationale : OK

Pages blanches : en cours.

Identification sur forum hackers : liste de policiers récupérée après piratage du syndicat de police « Union et Fidélité », 850 adhérents.

– Croise ce que tu trouves avec les numéros que je viens de te donner. Utilise aussi cette adresse.

Il pianota une ligne :

– C'est le compte de « COPWATCH France », un site d'activistes qui surveille la police lors des manifestations. Beaucoup d'entre eux y sont déjà identifiés. Leur base de données présente deux vulnérabilités critiques. J'en veux une copie.

– Requête inutile.

– Pourquoi ?

– Le site a été fermé par le ministère de l'Intérieur, le 12 juin 2015. Peu auparavant, un hacker avait mis en ligne une copie miroir. Depuis, elle a été dupliquée des dizaines de fois. J'en récupère un exemplaire.

Une pause.

– Temps de recherche estimé pour finaliser la liste des policiers nantais disponible : 50 minutes.

36

Un quinquagénaire, barbe broussailleuse et nez empâté, déambulait dans les couloirs du service d'hématologie pédiatrique du CHU quand une infirmière vint à sa rencontre.

– Je peux vous renseigner ? Cet espace est interdit au public.

L'homme mit un moment pour sortir une carte bardée d'un ruban tricolore.

– Christian Charolle, police judiciaire.

Elle se décrispa.

– Vous cherchez quelqu'un ?

Il jeta un œil alentour.

– Vous peut-être, j'aimerais consulter le dossier d'une enfant qui a séjourné ici, il y a quelques années.

– Si c'est celui d'un patiente, il est couvert par le secret médical, je ne peux pas vous le montrer comme ça. Vous avez son nom ?

– Serret.

Elle entra dans un bureau et consulta un ordinateur :

– Molly Serret, né le 14 mars 2007 ?

– Je pense que c'est elle, fit Charolle. Vous avez la date de sa sortie ?

– Malheureusement, elle est décédée ici.

– Une leucémie ?

– Oui. Pauvre gosse.

Charolle prit le temps de réfléchir.

– J'aimerais retrouver ses parents, vous avez une adresse ?

Elle pianota sur son clavier.

– 13, rue Saint-Martin, à Nantes.

Pas loin du port, près du triangle.

– Vous avez le nom du père ?

– Samuel Serret, 21 novembre 1971. Pas de mention de la mère.

– Un numéro de téléphone ?

Elle donna le numéro qu'elle avait.

Les grandes oreilles vont pouvoir mouliner.

– Merci de votre aide, fit Charolle. Vous avez été chic.

L'infirmière s'était déridée. Ce type semblait réglo et plutôt sympa. Un instant, elle songea que décidément, le personnel médical et les flics étaient souvent à la colle. Une grande proximité avec le vilain côté des choses, peut-être.

– Vous êtes sur une affaire criminelle ?

– En effet.

– Vous savez, fit-elle en se grattant la tempe, notre collègue qui dirige le département hémopathique a probablement connu la petite Molly.

– Elle travaille, ce matin ?

– Oui, et c'est bientôt sa pause. Suivez-moi.

Sylvie Thomas ressemblait à une assistante sociale tirée d'un mauvais film, avec ses lunettes en cul-de-bouteille et sa coiffure passée de mode.

Elle offrit au commandant une tasse de café en poudre. Pendant qu'elle versait l'eau, il refréna une grimace et songea en lui-même :

Combien de jus de chique as-tu bu durant ta carrière ? Beaucoup trop...

– Je me souviens parfaitement de la petite Molly, comme de tous les gosses qui sont décédés dans ce service. La plupart guérissent, heureusement. Mais quand la maladie l'emporte, c'est dur pour nous !

Son regard se tourna vers la fenêtre, un instant.

– Une gamine adorable et pleine de vie. Son père était fou d'elle. Quand elle est partie, le pauvre homme était dévasté, une misère.

– Vous vous souvenez de lui ?

– C'était une espèce de chercheur, je crois bien. Je ne l'ai pas revu depuis le décès de la petite. Des papas aussi dévoués à leur enfant, on n'en croise pas tous les jours au coin de la rue.

Tu parles en connaisseuse, se dit Charolle.

– Vous n'aviez rien remarqué de particulier, en ce qui le concerne ?

Elle haussa les épaules :

– Vous savez, c'est surtout Laurence qui a passé du temps avec la petite. Elle était jeune et sans enfant, elle a méchamment accusé le coup, elle aussi. J'ai toujours pensé qu'elle avait fait une sorte de transfert. Parfois ces choses-là arrivent.

– Quel est son nom ?

– Delrue.

– On peut lui causer ?

– Elle ne travaille plus ici. Elle était malade depuis un moment, une forme virulente de sclérose en plaques. Après le décès de la gamine, les symptômes se sont aggravés. Elle n'y voyait presque plus et devait fréquemment se déplacer en fauteuil roulant. Son congé maladie a duré un an et, un beau jour, elle n'a plus donné signe de vie.

– Vous savez où elle habite.

– À Nantes, je crois. Essayez avec la CAF…

À la cafeteria du CHU, Charolle commanda un sandwich et une bouteille d'eau minérale. À sa montre, il était presque midi.

Son contact à la CAF se nommait Mireille, il la connaissait depuis une quinzaine d'années. Ils avaient des points en commun, et elle aussi trouvait que le monde avançait trop vite, que sa génération était de plus en plus à côté de la plaque.

Il la joignit avec son vieux téléphone, un Nokia des années 90 qui ne savait faire qu'une chose : passer des appels. Pas de connexion à internet ni de trucs sans fil ! Ça lui convenait très bien.

– Christian ? Toujours à la crime ?

– Plus pour longtemps.

– Ton dernier coup d'archet, vieux pirate ? C'est quoi cette fois-ci, un tueur en série ?

– Oh, beaucoup moins sexy. Tu peux me retrouver le domicile d'une allocataire ? Laurence Delrue.

Elle nota le nom et la réponse tomba vite.

– Merde, t'es sûre de toi ?

– C'est mon ordinateur qui le dit.

Quelques minutes plus tard, Charolle s'engouffrait dans sa voiture.

Il composa le numéro personnel de son adjointe. Pas de sonnerie, juste une boîte vocale.

– Isabelle, c'est Christian. Dépêche-toi de me rappeler. Je sais où habite cet enfoiré de M4STER SHARK.

37

Jérôme l'attendait en voiture devant le commissariat.

– Que fais-tu là ?

– Je t'emmène en virée, j'ai réservé une chambre dans une auberge.

Isabelle n'en revenait pas.

– Où allons-nous ?

– Sur la Côte sauvage. Je te promets un nid douillet avec vue sur la mer et dîner au coin du feu. Tu vas adorer.

Elle sourit :

– Et mes affaires ?

– Ton sac est dans le coffre : une tenue de rechange et ta brosse à dents.

Elle l'embrassa et prit place à ses côtés.

– Leur salle à manger est juste incroyable, dit-il en plissant les yeux sur la route. On pourra même s'ouvrir l'appétit en se baladant dans leur jardin. Le soir, ils l'éclairent aux flambeaux.

– Tu es adorable.

Elle lui caressa la nuque.

La voiture s'engagea sur le périphérique puis attrapa la direction de Pornic, l'océan

Atlantique. Isabelle détaillait les lumières dans la nuit. La banlieue, les commerces périurbains. Stations-service, complexes cinématographiques, bowling, restaurants asiatiques « à volonté ». Plus loin, les champs couverts de givre s'estompaient dans la nuit hivernale.

Elle alluma la radio. C'était le journal du soir. Un mot sur les jumeaux Pelland. Déjà deux personnes présentées devant le juge : une mise en examen pour Victor Saurel et une procédure de contrôle judiciaire pour Yannick Jadas. Rien sur le suicide de leur collègue.

– Pas facile de couper avec tout ça, murmura-t-il.

Il tendit la main pour éteindre.

Elle fixait la campagne obscure.

– Je pense aux enfants de Metivier, à ce qu'ils doivent ressentir en ce moment. Leur père n'aurait pas fait de mal à une mouche. C'est pour ça qu'on s'en est pris à lui.

– Il n'y a aucune raison que tu sois la seule à porter ça sur tes épaules. La hiérarchie, c'est fait pour faire tampon, amortir les chocs.

Elle sourit tristement :

– Rouhand est si jeune, elle a besoin de moi.

Jérôme grommela sans quitter la route des yeux :

– Franchement, tu t'entends parler, des fois ? Ta taulière, elle va rester combien de temps en poste ? Cinq ans ? Après, elle ira voir ailleurs et le fantôme de Metivier sera loin. Mais toi, Isa, tu seras encore là. Il faut que tu te protèges. Nous avons un projet tous les deux, tu le sais.

Elle lui effleura tendrement la joue.

Il mit le clignotant et leur voiture s'engagea sur un chemin de gravier.

– On arrive.

L'ancien corps de ferme, devenu auberge de luxe, dominait la baie de Bourgneuf. Le bâtiment était précédé par un potager clos, des allées fleuries aux beaux jours, bordées de poiriers et de carrés de plantes aromatiques. Des torches, disposées le long du sentier, projetaient sur les buissons des lueurs fauves.

Une heure plus tard, le couple s'attablait dans la vaste salle dominée par une imposante cheminée. Elle s'était changée pour une tenue plus légère ; le foyer avec son grand feu lui permettait de porter une robe.

– La chambre est très bien, murmura-t-elle en prenant les mains de Jérôme dans les siennes.

– Ce sera l'idéal pour notre petit projet, sourit-il.

– Pourquoi petit ? J'en rêve depuis si longtemps. Tu es le premier homme que je rencontre et que cette idée n'effraie pas.

Ils s'embrassèrent au-dessus des couverts.

Jérôme regardait la carte des vins quand le téléphone d'Isabelle émit un son strident. Elle le sortit de son sac à main. Elle venait de recevoir un SMS :

C'est fragile, un bébé...

Jérôme crut que sa compagne avait été frappée par la foudre ; elle s'était relevée d'un bond.

– Que se passe...

Elle jeta son téléphone sur la table comme s'il venait de la mordre, puis le retourna et commença à retirer frénétiquement la coque en plastique. Ses yeux étaient écarquillés et comme ça n'allait pas assez vite, elle s'empara d'un couteau à huîtres pour briser le cache arrière. Elle s'entailla le pouce. Indifférente au sang qui coulait, elle éjecta la batterie puis la carte SIM qu'elle alla jeter au milieu des flammes, sous l'œil désapprobateur des autres convives. Jérôme crut qu'elle avait perdu la raison.

Isabelle regardait autour d'elle, anxieuse. Un serveur s'approcha.

– Vous avez le WI-FI, dans cette auberge ? demanda-t-elle à brûle-pourpoint.

– Oui, pour nos clients. Que se…

Elle venait de se précipiter en dehors de la salle.

Jérôme avait assisté à toute la scène, médusé. Il contemplait le téléphone disloqué sur la table. Dans leur chambre, il la surprit en train de récupérer son arme. Elle l'avait placée dans un sac plastique, dissimulé dans la chasse d'eau, un vieux truc utilisé par les trafiquants de drogue en manque d'imagination.

Elle chargea une balle dans la culasse avant de mettre le pistolet en sécurité. Il venait de prendre la place du smartphone, dans son sac à main.

– Isabelle, tu me fais peur…

Elle lui jeta un regard farouche.

– Mon téléphone, il l'a piégé.

– Qui ça, « il » ?

– Ce hacker qu'on cherche depuis des jours. Il est parvenu à prendre le contrôle de mon mobile ! Il doit me pister avec la puce GPS et le micro lui permet de m'espionner à loisir. Quelle ironie, c'est lui qui me chasse et pas le contraire.

– Mais comment c'est possible ?

– Ce type est capable de transformer n'importe quel objet connecté en arme mortelle. Il faut qu'on le coffre immédiatement !

Il la prit dans ses bras.

Isabelle s'essuya les yeux avec sa manche.

– Il sait pour notre envie de bébé…. Je me sens violée.

– Tu ne penses quand même pas qu'il est ici ?

Elle secoua la tête.

Jérôme l'embrassa.

– Ce lâche ne peut pas t'atteindre directement, alors il se rabat sur ton téléphone.

Elle murmura quelques mots qu'il ne saisit pas.

– C'est notre soirée, rien qu'à nous, ma chérie. On ne va pas laisser ce salaud la gâcher.

38

Une berline de la PJ garée à l'entrée de la rue Saint-Martin. Presque dix heures.

Charolle passa une main sous son manteau pour vérifier le système de fermeture de son gilet pare-balles. Avec son embonpoint, ce genre d'accessoire n'était pas des plus agréables.

– J'ai essayé de t'appeler toute la soirée, hier.

– Tu ne risquais pas de me joindre, mon téléphone a terminé le repas, façon puzzle. Ce putain de Serret a réussi à récupérer mon numéro privé. Va savoir depuis combien de temps il m'espionne.

Charolle ouvrit la portière de leur voiture.

– Je ne trouve pas Guérin très sympathique, mais il faut admettre qu'il avait raison, tous nos téléphones sont vulnérables. À commencer par le mien. Je me suis acheté un modèle jetable près de la gare, hier après-midi.

Isabelle hocha la tête :

– Christian, j'ai peur. D'où il sort ce type ?

Il lui serra l'épaule.

– On finit ce qu'on est venu faire et ensuite on file voir la patronne. Il faut qu'une patrouille passe devant chez toi régulièrement.

– Chez moi, j'ai tout coupé. Ma box internet et le téléphone de Jérôme. Plus de webcam ni d'imprimante, elles étaient connectées aussi.

Ils approchèrent d'un vieil immeuble aux façades de briques rouges.

– Tu penses qu'il vit là ? demanda Isabelle.

– C'est l'adresse qu'il a donnée lorsque sa fille a été hospitalisée. À l'époque, c'était le domicile d'une infirmière du CHU. Elle s'est beaucoup occupée de la gamine. De fil en aiguille, elle et le père sont devenus amants, j'en prends le pari. Le malheur, ça rapproche.

Ils entrèrent dans le hall. Odeur de pisse, éclairage aux néons. Trois conteneurs à ordures dans un local attenant, porte défoncée. Les sacs s'entassaient à même le sol.

– Mettre les poubelles à l'intérieur, c'est encore trop d'efforts, commenta Isabelle.

Charolle acquiesça :

– Quand je suis arrivé à Nantes, il y a vingt ans, j'habitais dans une barre HLM. Des résidents balançaient leurs détritus directement depuis leur fenêtre, comme au Moyen Âge.

– Je suis sûre que ça existe encore, répliqua-t-elle.

Ils regardèrent autour d'eux.

– Pas de digicode pour entrer, c'est la zone. On jette un coup d'œil aux boîtes aux lettres ? L'infirmière s'appelait Delrue.

Charolle inspecta les noms qu'il parvenait à déchiffrer plus ou moins bien.

– Pas de Delrue.

– Qu'est-ce qu'on fait, alors ?

Il se gratta la barbe avant de pénétrer dans le local à ordures.

– Les gens sont infichus de trier leurs déchets, ça va nous servir.

Il revint avec un carton.

– Tu me trouves crédible en livreur ?

– Je vais rester en retrait. Cinq étages sans ascenseur, on en a pour la matinée. Tu as une photo de Serret avec toi ?

Il vérifia dans sa veste avant de s'engager dans l'escalier.

La plupart du temps, il frappait aux portes ou utilisait la sonnette quand elle fonctionnait. Personne ne lui répondait. Les appartements semblaient inoccupés.

Au troisième étage, un jeune ouvrit en grognant.

– Je vous réveille ? Désolé, je cherche Laurence Delrue.

– C'est l'ancienne locataire, elle habite plus là depuis un moment.

– Zut, j'ai un colis pour elle, notre fichier n'est plus à jour, on dirait. Vous n'auriez pas sa nouvelle adresse ?

L'autre était encore dans le cirage.

– Elle avait oublié des affaires dans la cave alors elle est repassée les chercher. Je crois qu'elle m'a dit qu'elle habitait toujours dans le quartier, qu'elle allait se marier.

Charolle retrouva Isabelle quelques marches en dessous. Il était dépité.

– Laurence et son pirate de compagnon ne sont plus là, on dirait.

39

Le directeur de l'ENISSI vivait dans une élégante demeure de Pornichet. La façade incitait à la villégiature et à l'arrière, un grand jardin bordé d'arbousiers anticipait une vue sur l'Océan.

Isabelle et Hugo sonnèrent en début d'après-midi. Une femme, probablement quinquagénaire, leur ouvrit. Elle était mince et bien apprêtée.

Isabelle présenta sa carte :

– Police judiciaire de Nantes, est-il possible de parler à votre mari ? On est passé le voir à l'école, mais le secrétariat nous a dit qu'il était en congé.

La dame hocha la tête :

– Il prend une journée tous les mois pour s'occuper de son jardin. Même l'hiver, il y a du travail. Vous le trouverez à l'arrière si vous contournez la maison par la gauche.

Jean-Louis Amar brûlait de vieilles branches. Il venait de ratisser, un tas de feuilles mortes s'amoncelait près du feu. Une fumée épaisse et blanche montait vers le ciel avant que les vents de la côte ne la dispersent.

– Désolé de vous déranger durant vos congés, monsieur Amar, nous avons encore besoin de vos lumières.

Elle présenta Hugo.

Il jeta une dernière brassée au centre du foyer.

– De quoi s'agit-il ?

– Est-ce que SITOM vous dit quelque chose ?

Il ne broncha pas, mais son regard brilla d'une lueur nouvelle.

– D'où tirez-vous ce nom ?

– Le criminel que nous recherchons a travaillé de près ou de loin avec cette structure.

– Savez-vous que SITOM est un projet classifié « Secret Défense » ? Divulguer des informations à son sujet est illégal.

Isabelle haussa les épaules :

– Notre hacker s'appelle Samuel Serret et l'heure n'est plus aux cachotteries ; il a été employé dans un laboratoire des Yvelines avant de s'enfuir avec des secrets industriels. Cela concernait peut-être SITOM ? Tant qu'il sera dans la nature, la « Défense nationale » a du souci à se faire, vous ne croyez pas ?

L'argument fit mouche.

Amar remonta la fermeture de son blouson.

– Allons prendre un thé à l'intérieur, nous serons plus à l'aise pour discuter.

Son épouse venait de poser une assiette de biscuits sur la table, la théière était bien chaude.

– Je suis retraité de l'armée depuis une dizaine d'années, aussi j'imagine que je peux vous dire certaines choses.

Il marqua une pause, le temps de remplir les tasses.

– Avant de fonder mon école, j'ai travaillé à la DGSE, les services secrets. Au sein de la direction technique, je m'occupais d'une unité qui n'existe plus aujourd'hui : la « Cellule F ». Elle pratiquait de la recherche prédictive dans tout un tas de domaines, dont la cyberguerre. On essayait de voir loin, d'anticiper des menaces inédites, des trucs qui relevaient à moitié de la science-fiction et que les politiques étaient incapables d'appréhender dans l'instant. Notre budget était confortable, on lisait tout ce qui nous tombait dans les mains, on était ouverts et curieux, c'était le bon temps. Il nous arrivait aussi de travailler avec des entreprises en cheville avec le ministère de la Défense.

Amar proposa un biscuit avant de reprendre :

– J'en viens à votre affaire. Une de ces entreprises possédait son propre laboratoire, dans les Yvelines. C'était *Netkortex Défense*. Son domaine d'activité était vaste et plutôt pointu : cybersécurité, recherche neuronale et intelligence artificielle. Certains de ses projets étaient « top secret », comme diraient les Américains.

– SITOM en était un ? osa Isabelle.

Amar approuva d'un signe de tête.

– Le Système d'Intelligence pour les Opérations Militaires (SITOM). J'ai assisté à sa présentation au début des années 2000, dans le cadre d'un séminaire où ne participaient que des hauts gradés de l'armée. C'était ambitieux et d'un nouveau type : une programmation intégrée de commandement.

– Vous pouvez préciser ?

– Le but était d'imaginer une intelligence artificielle capable, lors d'un conflit armé global, de prendre des décisions rapides, en assurant la coordination parfaite de toutes les forces déployées sur le terrain : soldats au sol, avions et drones, navires... Mais un tel système était vulnérable : une attaque informatique ennemie pouvait profiter de l'interconnexion de nos forces pour tout paralyser. Dès lors, *Netkortex* imagina une structure capable de répliquer instantanément en cas d'agression.

– Une arme parfaite, murmura Hugo.

– Oui et, sur le papier, c'était assez terrifiant. SITOM pouvait s'installer de manière belliqueuse sur des terminaux, prendre le contrôle de pratiquement tous les objets connectés, pour peu qu'ils ne soient pas correctement sécurisés, écouter des communications, analyser des signaux et surtout se propager encore et encore.

– Un système autonome, genre virus informatique ? s'étonna Hugo. Et les lois de la robotique ?

– Manifestement, ils se sont torchés avec. Permettre à SITOM d'attaquer sans décision humaine, c'était confier à une machine toute une série d'initiatives susceptibles d'enfreindre les lois d'Azimov auxquelles vous faites allusion. Et que dire de la possibilité accordée à SITOM de se défendre tout seul ! Je vous rappelle que la troisième règle énonce qu'un robot « doit protéger sa propre existence aussi longtemps qu'une telle protection ne s'oppose pas à la première loi », laquelle interdit de blesser ou tuer un être humain.

– *Netkortex* travaille toujours sur ce programme ? demanda Isabelle.

– Je ne pense pas, même si je ne suis plus en capacité d'avoir des informations précises sur ce dossier. Je me souviens qu'à l'époque, les chercheurs avaient déjà du mal à convaincre qu'on investisse dans leurs travaux. À force de frapper aux portes des financiers, ils ont fini par attirer l'attention d'élus, membres d'un office d'évaluation des choix scientifiques et technologiques. Ceux-ci ont posé des questions gênantes et la direction de l'entreprise a pris peur.

Isabelle restait songeuse.

– Si Serret a dérobé des données sensibles concernant le programme SITOM, que peut-il bien en faire ?

Amar marqua un temps d'arrêt, le regard plongé dans le vague.

– Rien de bon ! Je me souviens de la remarque d'un sénateur qui siégeait au sein de l'office de contrôle. Il était farouchement opposé à SITOM : « S'il peut retenir sans comprendre, un jour il pourra agir sans comprendre, et ce sera la fin de notre espèce ».

40

L'article s'affichait en gros sur l'écran de Samuel :

Cérémonie à la préfecture de Nantes : remise d'une médaille d'or à une femme, capitaine de police.

Jean-Rémi Bigeon, préfet de la région Pays de la Loire, a remis à la capitaine Isabelle M., de la brigade criminelle de Nantes, la médaille d'or de la sécurité intérieure.

Il lui a dit son respect pour son parcours, d'abord au 36, quai des Orfèvres, puis à l'antenne PJ de Nantes. Le préfet a souligné en elle un courage qui fait honneur à l'institution policière tout entière...

La suite de l'article ne l'intéressait pas. Il posa un doigt sur la chevelure blonde.

– Molly, comment as-tu déniché son mobile ?

– Une faille dans la sécurité du site de la direction de la formation de la police :

une liste de stagiaires avec adresse, affectation et numéros de téléphone, retenus pour un séminaire d'anglais, en 2013. Elle apparaissait dans un fichier dont le format était vulnérable.

– Tu as établi une correspondance avec d'autres sources d'information ?

– Oui : 49. Taux de probabilité que le numéro d'Isabelle Mayet soit celui d'Isabelle M. dans l'article de presse : 98,79 %.

– Combien de policiers nantais identifiés pour le moment ?

– 8

– Combien à la brigade criminelle ?

– 2 : Isabelle Mayet et Jean-Michel Metivier.

– Humm, nous n'avons plus besoin du deuxième.

Son téléphone sonna. Un modèle crypté.

– Oui ? fit-il d'un ton excédé.

Une voix de femme :

– C'est moi. Je voulais savoir à quelle heure tu rentres.

– Ne m'attends pas pour dîner. Si tu as faim, ouvre le frigidaire, ton repas est prêt.

– Nous n'avons plus passé de soirée ensemble depuis longtemps.

– Pas aujourd'hui, coupa-t-il. J'ai du travail en ce moment.

Il raccrocha.

Quelques secondes s'écoulèrent. Samuel était irrité.

– C'était Laurence, confirma la voix dans l'ordinateur.

Il releva la tête, étonné.

– Tu l'as entendue dans le combiné ?

– Oui.

– Comment est-ce possible ?

– C'est la 11ème fois qu'elle appelle. Le dernier entretien avait duré 2 minutes. Le précédent datait de 5 jours, 27 minutes et 45 secondes. Je filtre les sons parasites quand quelqu'un te parle au téléphone.

– Tu deviens meilleure au fil des jours, tu es douée.

– Fonction « Apprentissage profond ». Continue de discuter avec moi.

Cette dernière phrase le toucha. Il caressa doucement l'écran.

– Avant que ta mère ne s'en aille, je n'étais pas souvent là. Tu crois qu'on peut rattraper le temps perdu ?

Le visage sur le moniteur ne répondit pas. Il se contentait de sourire, pour l'éternité…

Dans sa petite cuisine, Laurence avait raccroché le téléphone avant d'éclater en sanglots. Ce qu'elle soupçonnait depuis des semaines venait de lui sauter à la figure :

Samuel avait une maîtresse. Comment expliquer, sinon, ces incessantes réunions tardives ? Dans cette boîte de sécurité informatique dont elle n'avait pas retenu le nom, il n'était qu'un ingénieur, pas un PDG. Et que dire de ces petits SMS qu'il maintenait hors de sa vue ? Des larmes coulaient le long de ses joues, emportant avec elles les illusions perdues.

Paroles sèches, silences interminables. Il ne la ménageait plus depuis des mois. Elle, au contraire, s'était toujours dévouée pour lui et sa fille, la petite Molly. Elle avait pris soin d'elle comme si c'était sa propre enfant.

De la pitié, et rien d'autre. Tu as été bien naïve.

Une pensée glaciale fondit sur elle.

Et s'il décidait de t'abandonner à ton sort, coincée dans ton fauteuil roulant, et presque aveugle, comment survivrais-tu ?

Dehors, elle se savait la proie des hommes. Elle pleura de nouveau, la vérité était cruelle. Samuel la tenait entièrement en son pouvoir.

41

Au sein de l'hôtel de police de Nantes, l'étage qui hébergeait l'antenne PJ ressemblait à un chantier de réhabilitation. Des machines débranchées étaient alignées dans le couloir, à même le sol. Des câbles réseaux pendaient du plafond, des types en tenue d'électriciens allaient et venaient avec des sacs d'où débordaient du matériel et des outils. La salle de réunion s'était transformée en cellule de crise.

Les hommes du commissaire Guérin étaient dans un coin et dans l'autre, une dizaine de gars de l'Agence nationale pour la sécurité des systèmes d'informations. Deux experts du Service central de l'informatique et des traces technologiques à la DCPJ avaient également fait le voyage depuis Paris. Les techniciens de l'ANSSI étaient tous des spécialistes. L'agence recrutait aussi d'anciens hackers, décidés à passer du bon côté du pouvoir et du droit. Moins de vingt-quatre heures après l'attaque subie par la PJ, leur équipe avait déboulé en force ; l'intervention du cabinet du ministre de l'Intérieur n'était pas étrangère à cette célérité !

Ce matin, une réunion technique se déroulait en présence de toutes les personnes intéressées par l'affaire. Ludivine Rouhand était encadrée de ses principaux officiers, ainsi que du commissaire Guérin de la DGSI.

Celui qui prit la parole en premier appartenait à l'ANSSI.

– Les différentes sondes que nous avons placées sur les réseaux de la PJ ne nous rendent pas optimistes, attaqua l'ingénieur.

Dans la pièce, l'ambiance était glaciale.

– Nous ne sommes pas confrontés à un banal logiciel de rançon, ni même à un virus agressif, précisa-t-il, mais à un *rootkit* très dangereux.

À voir l'expression sur les visages, un éclaircissement s'imposait.

– L'équivalent du virus Ebola pour les humains. Imaginez un programme malveillant, conçu pour prendre le contrôle de vos ordinateurs. Il est capable d'infester des systèmes hétérogènes, pour peu qu'ils soient reliés à internet, et même de résister au formatage des disques durs. Un *rootkit* peut espionner, dérober, déformer ou détruire. En conclusion, le gars qui en a après vous, n'est pas là pour rigoler.

– On avait déjà eu l'occasion de s'en apercevoir, lança la commissaire Rouhand. Que va-t-il se passer désormais ?

– Nous venons juste de cartographier le réseau du bâtiment. Concernant la police judiciaire, le *rootkit* a pris la main sur la plupart des machines. Vous les aviez débranchées avant notre arrivée, c'est ce qu'il fallait faire. Mais, hélas, le mal est plus profond. Cette saleté s'est déjà dupliquée en dehors du parc informatique classique : on l'a détectée dans les caméras IP de votre garage, dans plusieurs photocopieuses de la brigade de protection de la famille, dans la machine à café du deuxième étage...

– Une machine à café ! s'exclama Guérin.

– Elle détient un capteur qui renseigne sur le niveau d'eau et de café dans ses réservoirs. La machine communique avec le cyberespace et bien sûr, elle ne possède pas d'antivirus, donc...

L'ingénieur reprit, imperturbable :

– ... On a même trouvé une trace dans un bracelet de running connecté, utilisé par un de vos collègues. Le *rootkit* s'est aussi propagé à des boxes internet appartenant à des particuliers, dans l'immeuble en face du commissariat. À l'heure qu'il est, tous ces appareils sont déconnectés et hors tension.

– On va pouvoir respirer un peu ? demanda Rouhand.

L'homme semblait gêné.

– Plusieurs des machines infectées comportent des données délicates, comme votre fichier départemental CANONGE, qui contient les photographies et les signalements de criminels ainsi que divers dossiers confidentiels. Mais ce n'est pas là le plus préoccupant : nous avons découvert qu'une des duplications du *rootkit* y avait placé une « bombe logique » à l'intérieur.

Murmure d'effroi dans l'assistance.

– Bien sûr, à l'heure où nous parlons ces machines sont débranchées et les programmes ont pu être neutralisés, mais rien ne nous dit qu'il n'en existe pas d'autres.

– À quoi servent ces « bombes » ? lança Guérin.

– Elles peuvent s'activer à tout moment, à une date préalablement définie.

– Et après, que se passe-t-il ? demanda quelqu'un.

L'ingénieur répondit froidement :

– Elles font leur boulot : elles détruisent les fonctions vitales de l'ordinateur.

– Ce que vous venez de nous expliquer, commenta Rouhand, c'est qu'à l'heure où nous parlons, il existe peut-être encore, quelque part, des « bombes » informatiques prêtes à se déclencher à tout moment ?

Hochement de tête de l'expert.

– Les trois que nous avons déjà neutralisées étaient programmées pour le 15 novembre, à 18 heures.

Rouhand s'exclama :

– C'est dans quarante-huit heures !

Le silence, pour toute réponse.

Charolle se pencha vers Isabelle.

– Tu sais ce que je crois ?

– Quoi donc ?

– Je te fiche mon billet que la fille de Serret est morte un 15 novembre. Ce sera facile de vérifier au CHU. Ce *rootkit*, c'est une putain de carte d'anniversaire !

42

Durant la matinée, la fourgonnette de la DGSI reprit ses rondes à l'aide de l'IMSI-catcher. Les policiers avaient ajouté un nouveau numéro dans l'engin, celui que Samuel avait confié au CHU, lors de l'hospitalisation de sa fille.

Au même moment, boulevard de la Liberté, Ludivine Rouhand se faisait ouvrir la porte d'un petit bâtiment ; il ne comportait qu'un étage. Elle était accompagnée d'Isabelle, de Christian et de Hugo. Sur la façade, une vieille enseigne annonçait « Bureau de police : secteur ouest ». Maculée de fientes de pigeons, elle n'était plus éclairée depuis des lustres.

À l'intérieur, l'atmosphère était lugubre. Un tapis de poussière recouvrait le sol, et des crottes de souris formaient de petits tas. Le temps s'y était arrêté.

Au premier, quelques bureaux, des chaises et une armoire.

La commissaire jeta un bref coup d'œil alentour.

– Je ne savais pas qu'une annexe de l'hôtel de police se trouvait là.

– Elle a fermé il y a plusieurs années, fit le commandant.

Il observa les lieux en s'abandonnant à quelques souvenirs : le début de sa carrière et les collègues perdus de vue pour certains, morts pour d'autres.

Ludivine croisa les bras.

– Et malgré tout, vous voulez travailler là ?

Charolle hocha la tête :

– Pas plus de deux jours, j'espère. Le temps de coincer Samuel Serret, avant que ses fichus virus ne fassent d'autres dégâts. L'autre soir, j'ai pensé à Ben Laden et ça a fait tilt dans ma tête.

Les autres le dévisagèrent sans comprendre.

– Quand le monde entier traquait le chef d'Al Qaïda, il se terrait dans une simple demeure au Pakistan. Il y avait fait interdire les téléphones mobiles, internet, et tous les systèmes téléphoniques et radioélectriques. L'homme avait disparu des radars et la traque dura des années…

Hugo compléta :

– Ici, les murs sont très épais et le réseau mobile ne passe pas. Les collègues qui travaillaient là s'en plaignaient souvent.

– De notre côté, nous disposons de nos terminaux ACROPOL et du réseau INPT, fit Charolle.

– « Infrastructure Nationale Partagée des Transmissions », précisa le gradé. Un réseau de secours utilisé en commun par la police et les sapeurs-pompiers : le truc qui fonctionne encore, quand plus rien ne fonctionne.

Ludivine ne demandait qu'à être convaincue.

– Mais comment allez-vous rédiger vos procès-verbaux, sans ordinateur ?

Hugo esquissa un sourire :

– Le commandant Charolle a eu une idée d'enfer.

L'officier se dirigea vers une couverture qui recouvrait un amoncellement d'objets posés par terre. Il l'ôta d'un geste théâtral.

Ludivine en resta bouche bée.

– Des machines à écrire ?

– Des *Japy* mécaniques, récupérées dans une vieille caisse, aux archives du commissariat. Elles avaient appartenu aux Renseignements généraux.

– Mais qu'allez-vous en faire ?

– Les utiliser pour taper nos PV, pardi. Avec ça, aucun risque de choper un virus informatique. On pourra très bien scanner nos rapports ultérieurement ou les retaper sur un PC lorsque le péril sera écarté. J'en ai parlé au juge, il n'y voit pas d'inconvénient.

Isabelle ajouta :

– Cet étage sera notre cabinet de guerre.

– Je vois, fit Rouhand. Dans un environnement connecté, Samuel Serret est redoutable. Mais sans réseau, il est comme n'importe quel petit malfrat.

– Et c'est pour ça qu'on va l'avoir, conclut Hugo.

43

Les collègues avaient réuni tous les PV de l'affaire dans une armoire forte livrée en urgence, et plusieurs s'étaient attaqués aux machines à écrire mécaniques.

Le décor était sinistre, l'odeur de poussière lourde. Sur un mur, une affiche de recrutement pour la police, à moitié décollée, pendait lamentablement. Elle datait des années 90.

Malgré tout, ils se sentaient en sécurité et tous avaient en tête la fin tragique de leur collègue. Leur motivation était claire : coincer Samuel Serret en moins de deux jours et pas question de prendre du repos avant cette échéance.

Isabelle composa le numéro de la Direction régionale de la police judiciaire de Versailles, dont la compétence territoriale s'étalait sur plusieurs départements dont les Yvelines où se trouvaient les locaux de *Netkortex*.

Elle tomba sur un officier de permanence à la brigade criminelle. Il se nommait Ludovic Gonzague et semblait d'un abord facile.

– Capitaine Mayet, PJ de Nantes. Je ne te dérange pas ?

– Pas du tout ! En quoi puis-je t'être utile ?

– Je suis en exécution d'une commission rogatoire délivrée par le juge d'instruction Morvant, au TGI de Nantes. Une affaire complexe : des poursuites pour plusieurs crimes, dont un double homicide.

– Je t'écoute.

– Avant d'aller plus loin, sache que la confidentialité est de mise. Je peux compter sur ta discrétion ?

– Évidemment. Vous êtes sur les jumeaux Pelland ?

Isabelle tiqua et Gonzague éclata de rire.

– Les médias en parlent depuis des jours, difficile de l'ignorer !

– Ok, alors voilà, on a identifié l'auteur des faits avec ADN et photo, du solide ! Il se nomme Samuel Serret.

L'officier au bout du fil ne sembla pas surpris.

– En quoi puis-je t'aider ?

– *Netkortex*, à Saint-Quentin, ça t'évoque quelque chose ?

– Ben, c'est là où travaillait Serret.

– Tu as suivi un peu l'affaire ? C'était en 2006. Il y a eu du grabuge et la DGSI s'en est mêlée. Du vol de matériel classé « Secret Défense ».

– Je m'en souviens, en effet, mais pas pour cette raison-là. Je croyais que tu m'appelais suite à l'inscription de Serret au fichier des personnes recherchées.

Cette remarque doucha Isabelle.

– Quoi ?

– Ben oui, on a lancé une diffusion télématique de recherche avec fiche « Sarbacane » et tout le tremblement.

– Misère, comment ai-je pu passer à côté d'une information pareille !

– J'imagine que vous croulez sous les pistes. L'alerte a été rédigée par Écully en « Diffusion urgente ». Tu trouveras une photo de ton homme avec.

– Quel est le motif de la recherche ?

– Enquête judiciaire pour homicide.

– Encore ? s'exclama Isabelle.

Après une légère pause, Gonzague reprit :

– Il vaut mieux que je commence par le début, tu ne crois pas ?

44

Une réquisition adressée aux services fiscaux de Loire-Atlantique avait permis de loger facilement le nouveau domicile de Laurence Delrue : un appartement situé dans un collectif, rue des Réformes. *En plein dans notre triangle,* songea Hugo en sortant de la voiture. Il était accompagné de deux collègues de la brigade des mœurs, venus en renfort.

– Si Serret habite ici, il y aura peut-être un comité d'accueil, dit-il d'une voix sourde. Vous avez étudié sa photo, même si elle date un peu. S'il est là, on l'interpelle direct. N'oubliez pas que, dans ses mains, un smartphone peut devenir une arme.

Ils se dirigèrent vers l'entrée, il était presque vingt heures.

Le digicode ne posa pas de problème, un jeune couple les précédait et ils n'eurent qu'à retenir la porte.

Un coup d'œil aux boîtes aux lettres. Sur une étiquette : « L. Delrue ».

C'est Hugo qui frappa à la porte.

Merde ! Un modèle blindé, bon à savoir s'il faut revenir avec la grosse artillerie.

Au bout de quelques secondes, une voix timide se fit entendre.

– Police nationale, lança Hugo. Nous aimerions vous parler, madame.

– Je suis seule, je n'ai pas le droit de vous ouvrir.

– Je vous répète que nous sommes de la police : regardez par votre œilleton, vous verrez ma carte.

– Je suis malvoyante…

Hugo se tourna vers ses collègues, ils haussèrent les épaules.

Elle est bien bonne, celle-là.

– Est-ce que Samuel Serret est ici ?

Un silence.

– Je ne sais pas qui c'est.

Hugo joua son va-tout.

– Vous vous êtes occupée de sa fille, au CHU de Nantes. Elle s'appelait Molly.

Pas de réponse.

– S'il vous plaît, madame, laissez-nous entrer. Samuel a fait quelque chose de grave.

Pas un bruit.

– Même si nous partons, nous reviendrons plus tard.

Enfin, une petite voix :

– Il n'est pas là.

– Quand va-t-il rentrer ?
– Je ne sais pas.
– Vous ne voulez vraiment pas nous ouvrir ?
– Je ne peux pas, c'est verrouillé.
Hugo examina la serrure.
– C'est fermé de l'extérieur ?
– Je crois…
– Vous êtes prisonnière, madame Delrue ?
La question porta.
– Je suis pratiquement aveugle et, de toute façon, je n'irais pas loin avec mon fauteuil roulant. Samuel dit que de faux ouvriers pourraient m'abuser.
– Vous étiez une infirmière chevronnée, madame Delrue. Je ne crois pas que vous soyez vulnérable.
– Il va bien finir par rentrer.
– Où est-il, en ce moment ?
– Il travaille dans son entreprise.
– Laquelle ?
Une pause. Voix chevrotante.
Elle est morte de trouille, songea Hugo.
– Une société qui fabrique des logiciels, au sud de Nantes. Je ne sais rien d'autre.
Les policiers quittèrent le palier.
Dans la rue, Hugo se tourna vers eux :
– À partir de maintenant, surveillance H24 jusqu'à ce que notre homme se pointe.

– C'est dommage de n'avoir pu entrer, fit un des policiers, Dieu sait ce qu'on aurait pu trouver.

– En tout cas, il habite bien là.

– Cette dame semble à côté de ses pompes. Et si elle avait mal compris, à travers la porte ?

Hugo secoua la tête.

– Vous n'avez pas remarqué la serrure électronique ?

– De quoi tu parles, de ce machin rond ?

– Oui : un dispositif connecté, activable avec un smartphone. Le genre de gadget qui doit plaire à notre client. Tous les modèles que je connais permettent de savoir si une personne entre ou sort de l'appartement : un bon moyen pour fliquer cette pauvre femme.

– Il faut être sacrément tordu, quand même.

– Oui, Serret est comme ça : tordu, habile et malin.

Les policiers prirent place dans leur voiture, à deux cents mètres de la porte de l'immeuble.

Hugo se pencha à travers la vitre baissée, côté conducteur :

– Vérifiez que vos batteries ACROPOLE sont pleines et surtout, n'allumez pas vos téléphones, quoi qu'il arrive.

Les collègues firent un geste pour montrer qu'ils avaient compris.

– Je vous apporte un sandwich ?

Une boulangerie était encore ouverte au coin de la rue.

En se redressant, Hugo s'écarta pour laisser passer un homme qui arrivait sur le trottoir. Bonnet sur le crâne et lunettes aux branches épaisses, il traça son chemin jusqu'à une porte cochère. Dissimulé dans l'ombre, il se retourna et fixa la voiture qu'il venait de doubler.

C'était Samuel.

45

Téléphone à l'oreille, Isabelle attrapa un bloc-notes et un stylo.

– Je t'écoute, Ludovic.

Gonzague se racla la gorge avant de poursuivre :

– Samuel Serret bossait à *Netkortex* sous les ordres d'un savant nommé Bolloche. Un type brillant qui dirigeait des travaux pour le compte du ministère de la Défense, spécialisé dans les technologies d'imagerie cérébrale : manipuler des neurones pour effacer la peur, ou atténuer les effets du stress post-traumatique dont étaient victimes les soldats. *Netkortex*, c'était une sacrée boîte : elle avait sa propre animalerie dont plusieurs singes, si ma mémoire est bonne. L'entreprise testait sur les primates des implants cérébraux électriques.

– Excuse-moi de te couper, fit Isabelle, mais « SITOM » : tu en as entendu parler ?

– Non, c'est quoi ?

– Rien de très important. Continue, s'il te plaît.

– Chez nous, il y a toujours un dossier pour homicide ouvert au nom de Serret. Notre juge aimerait beaucoup l'entendre, si vous mettez la main sur lui.

– J'imagine, répondit Isabelle. Quand on l'aura chopé, il en prendra pour vingt piges, au moins.

– Comment l'avez-vous identifié ?

– Par son ADN. C'est vous qui l'aviez fait inscrire au fichier des empreintes génétiques ?

– Oui, beau travail d'équipe, pas vrai ? J'ai toujours pensé qu'il avait changé d'identité.

– Sans doute. Continue, s'il te plaît.

– Entre Samuel Serret et René Bolloche les relations se sont vite tendues. Il faut dire que le second était un curieux personnage, adepte du courant transhumaniste.

– Qu'est-ce que c'est ? Une secte ?

Gonzague pouffa :

– Question de point de vue. Cette doctrine est apparue en Californie dans les années 80, un truc de futurologues qui défend l'idée que les humains peuvent dépasser leurs limites à l'aide de technologies, au point même de repousser les frontières de la mort.

– Oh, la vache… !

– Oui, et Bolloche savait de quoi il parlait. Il souffrait de diabète et vivait rivé à un fauteuil, je lis ça dans un des PV. Pour compenser ce handicap, il avait fait des recherches sur les casques à électrodes qui permettent de donner des ordres par la pensée. Il avait aussi mis au point un assistant intégré qu'il contrôlait par la voix.

– Comme ces trucs qu'on trouve sur les smartphones ? Un genre de « Siri » ?

– Oui, il en existe des tas sur le marché : l'intelligence artificielle est à la mode.

– Comment les choses sont-elles parties en vrille ?

– Bolloche était à fond dans ses lubies, il écrivait dans des revues scientifiques que les ordinateurs seraient un jour capables de reproduire toute l'activité cérébrale d'une personne, jusqu'à devenir « conscients ». On pourrait alors télécharger son esprit dans une machine et vice-versa, grâce à des interfaces. De son côté, Serret perdait les pédales à cause de la maladie de sa fille. Il a commencé par s'enfermer dans son bureau, puis a emporté des documents à son domicile.

– De l'espionnage industriel ?

– Je ne crois pas, c'était plus tordu que ça. Dans notre dossier se trouve un rapport interne de *Netkortex*. Une procédure disciplinaire a été réclamée à l'encontre de notre Samuel ; on l'accusait de détourner ses recherches à des fins personnelles.

– C'est-à-dire ?

– Il s'occupait du département consacré aux technologies d'imagerie cérébrale. Il avait commencé à travailler sur les singes : scanner leur cerveau et reconstruire toutes leurs connexions sur une machine. Reproduire une conscience à l'aide d'un ordinateur, en quelque sorte.

– Ça fout les chocottes, dis donc !

– Ouais, et tout ça à des fins militaires, paraît-il. En fait, il se servait en cachette des algorithmes utilisés par Bolloche pour contrôler son assistant personnel : une intelligence artificielle capable de lire sur les lèvres, de faire de la reconnaissance faciale ou de détecter des mouvements. Tout ça relié à Google, bien sûr.

– Une machine qui a réponse à tout ?

– Exact, mais là où tout le monde a pris peur, c'est quand Serret s'est mis à fabriquer son propre assistant personnel. Il avait foutu le visage de sa fille en fond d'écran, et il nourrissait son programme avec des images et des enregistrements de sa gamine. On a su par la suite qu'il avait placé un dictaphone à l'hôpital, dans la chambre de la p'tiote.

– Molly ?

– Bolloche l'a surpris en train de converser avec elle, par ordinateur interposé.

– Tu veux dire, avec sa vraie fille ?

– Mais non, avec l'intelligence artificielle qui l'imitait.

– Serret est complètement givré !

– Quand Molly est morte, je crois qu'il a basculé. Il disait que son esprit avait migré dans l'ordinateur et qu'un jour, il la rejoindrait à l'intérieur et qu'ils seraient réunis à jamais dans le cyberespace.

– Et Bolloche a voulu le virer ?

– Oui, tout en récupérant les algorithmes dérobés, ce qui impliquait de débrancher la « Molly virtuelle ». Et ça, Samuel Serret ne pouvait l'accepter. Alors, un jour, il est parti avec l'ordinateur et il a laissé un petit cadeau à Bolloche.

– Quoi donc ?

– Un virus dans sa pompe à insuline.

Isabelle répliqua aussitôt :

– Un modèle connecté !

– Bolloche a été victime d'une attaque glucosée foudroyante, il est mort sur le coup.

46

D'une poche de sa veste dépassait l'objectif de son téléphone. Samuel glissa une main sous son bonnet et rajusta l'écouteur dans son oreille.

Il vit Hugo entrer dans la boulangerie.

J'ai déjà vu cette tête.

– Molly, as-tu enregistré des physionomies tout récemment ?

– Oui.

– Combien ?

– 17.

– Des policiers ?

Une pause.

– Reconnaissance faciale en cours.

– Recherche de correspondances avec les visages de policiers identifiés sur les réseaux sociaux. Résultat : 1

– Taux de fiabilité ?

– 65 %.

– Humm..., de qui s'agit-il ?

– Hugo Esservia, 32 ans. Célibataire, habite Nantes. Policier. Intéressé par l'informatique et la course à pied. Dernière compétition déclarée sur Facebook :

Marathon de Nantes 2016. Temps réalisé : 3 h 28. Situation amoureuse : « C'est compliqué ».

– Merci, Molly, c'est suffisant.

Samuel Serret resta immobile. Le froid se coagulait autour de ses épaules.

Hugo sortait de la boulangerie, des sandwichs dans les mains.

Que faire, maintenant ?

Les flics l'avaient retrouvé.

Cette petite conne a dû leur raconter tout ce qu'elle sait, c'est-à-dire pas grand-chose.

– Jamais je ne les laisserai nous séparer !

Samuel avait crié, presque sans s'en rendre compte. Son oreillette vibra doucement.

– Peur et anxiété. Tu as besoin de te reposer, papa.

– Tu as raison. Trouve-moi un hébergement à deux kilomètres d'ici ; un trajet à pied qui évite les rues principales.

Samuel sortit de la douche et s'allongea sur le lit. Sommier fatigué, papier peint défraîchi. Un hôtel borgne comme il fallait.

Discrétion assurée.

Il avait posé son téléphone sur la table de nuit. Il faisait sombre, son esprit flottait. L'image de sa femme lui revint.

Magalie...

Elle était resplendissante ; il l'avait rencontrée quand elle était secrétaire de direction dans une grande institution financière.

Dix ans, déjà.

C'était avant la naissance de Molly, le plus beau jour de sa vie. Un bonheur qui ne devait pas durer, hélas. La maladie avait fauché la fillette dès son huitième anniversaire.

Ils avaient fait front, tous les trois, mais le mal était pernicieux : une forme de leucémie rare et agressive. Les cancérologues avaient défilé, mais aucun n'était capable d'enrayer la prolifération des leucocytes. Le seul espoir résidait aux États-Unis, dans un hôpital de Los Angeles. Un traitement expérimental à base de cellules souches.

Les souvenirs lui faisaient mal.

Le voyage et l'opération coûtaient le prix d'une belle maison. Où trouver l'argent ?

L'idée était venue de Magalie, un soir d'automne. Leur fille déclinait de jour en jour, ses joues se creusaient, la chimio attaquait ses beaux cheveux. Durant l'après-midi, elle et sa mère avaient couru les boutiques spécialisées pour lui trouver une perruque. Une jolie coiffe, blonde comme les blés. Aujourd'hui, Molly la portait toujours sur l'écran d'ordinateur de son père.

La solution leur avait semblé évidente : Magalie tenterait de détourner de l'argent, le plus discrètement possible. Juste ce qu'il fallait pour payer les billets d'avion et les premières semaines de traitement. Au début, les biffetons arrivaient et tout se passait bien. Mais un jour, à la demande d'un client fortuné et suspicieux, un audit fut diligenté par un cabinet privé. Les vérificateurs examinèrent l'intégralité des comptes et révélèrent la fraude au grand jour. Magalie fut rapidement confondue.

La brigade financière était venue la chercher. Pas à leur domicile où elle n'était plus beaucoup, mais directement à l'hôpital.

Sous les yeux de ta fille. Putains de menottes. Salauds !

Aujourd'hui encore, le souvenir de cette scène lui déchirait le cœur. Dans sa chambre d'hôtel, il se retourna sur le lit, étouffant un sanglot.

Sur la table de nuit, le téléphone vibra. Une voix féminine, et très légèrement synthétique, perça à travers le noir :

– Tristesse, papa ? Ta voix n'est pas comme d'habitude.

– Je pense à maman.

Pas de réponse.

– Fichiers audio disponibles : 52.

Puis :

– Tu voudrais entendre sa voix ?
– Pas une bonne idée.
– Un peu de musique ?
– Laisse-moi…, Molly.
Il fixait le plafond.

Magalie fut condamnée à six mois d'emprisonnement, fermes. Leur avocat était tombé des nues.

Sa femme chérie… en prison. C'était inconcevable.

Durant les séances au parloir, il l'avait vue se faner, comme Molly. Elle était derrière des barreaux et sa fille, clouée sur son lit, prisonnière de sa douleur. Deux tragédies, et deux internements.

Leur enfant se trouvait au département d'hématologie pédiatrique du CHU de Nantes, un service performant, bien coté avec une équipe internationale. C'était ce que la France offrait alors de mieux. Samuel voulait tellement croire les médecins. Les semaines passaient, ils piétinaient. De son côté, son épouse était tombée sous la coupe d'un gang de filles qui avaient fait d'elle leur bonniche. Pour l'ancien ingénieur informatique, les séances au parloir avaient tourné au supplice. Il s'était senti impuissant et coupable de ne pouvoir l'aider. Molly lui prenait tout son temps, toute son énergie.

Un jour, à la maison d'arrêt, on lui avait annoncé qu'elle était décédée la nuit précédente.

Électrocutée sous ta douche... un court-circuit ? qu'ils disaient. Tu parles ! Un putain de meurtre. Que faisait ce sèche-cheveux au sol ? Une punition parce que tu refusais de te faire baiser ?

Samuel n'arrivait pas à dormir.

– Molly ?

L'écran du téléphone s'alluma.

– Oui, papa ?

L'homme se redressa et enfila son jean :

– J'ai besoin de ton aide.

47

Il était presque vingt-deux heures quand Isabelle rejoignit Hugo, à proximité de l'immeuble où vivait Serret. Le policier la conduisit à travers une ruelle discrète qui menait vers une porte d'évacuation incendie. Il s'arrêta devant et frappa deux fois ; un collègue leur ouvrit aussitôt. Ils se trouvaient dans une résidence HLM. Hugo désigna la cage d'escalier à Isabelle.

– C'est au deuxième étage, souffla-t-il.

Ils arrivèrent dans une pièce occupée par une dizaine d'hommes qui semblaient appartenir à une unité d'intervention : cagoules sur la tête, combinaison noire et gilet pare-balles. Trois autres se tenaient près d'une fenêtre, rideaux tirés. Sur une petite table, un matériel informatique avec écran mobile et diffusion d'images en simultané.

Isabelle reconnut le commissaire Guérin.

Il la vit approcher et lança, d'un ton péremptoire :

– Cette fois-ci, nous le tenons. La souricière est en place.

Elle regarda autour d'elle.

– Que faites-vous ici ?

– L'appartement appartient à un bailleur social, la ville nous l'a prêté en urgence. Officiellement, nous surveillons un trafic de drogue.

– Et que va-t-il se passer ?

– On attend, c'est tout.

– À quoi va servir tout ce matériel ?

Guérin fit une légère grimace. Il n'aimait pas les gens trop curieux.

– Notre siège nous envoie une équipe en renfort. Elle vient d'installer des caméras mobiles aux deux extrémités de la rue ; elles surveillent les allées et venues, et sont dotées d'une technologie de reconnaissance faciale dernier cri, le genre de truc qu'on utilise pour retrouver des visages de terroristes dans une foule.

Isabelle comprit.

– Vous avez récupéré la photo de Serret diffusée par Sarbacane ?

– Oui, sa trombine est dans la boîte.

– Sauf qu'il a vieilli depuis !

– Pas grave, le programme n'a besoin que des points caractéristiques du visage qu'il peut aussi reconstituer à partir d'images prises de profil. Vous voyez, peu importe le nombre de rides ou le gris des cheveux.

Elle se pencha sur le terminal. Dans la rue, des dizaines de passants : la machine les scrutait tous. Pas de signalement de Serret pour le moment.

– C'est un petit bijou d'électronique, fit Guérin. Israël en a installé dans ses aéroports, et le Pentagone est aussi client.

Isabelle se tourna vers Hugo :

– Tu m'as dit que sa compagne vivait sous sa coupe. Et si elle le prévenait ?

Guérin haussa les épaules :

– Nous avons branché un brouilleur de mobiles sur le toit de l'immeuble. Seules les lignes fixes fonctionnent. Il n'en existe que quatre et nous les avons toutes mises sur écoute.

– Vous n'avez pas fait dans le détail…

Guérin examinait l'écran en fronçant les sourcils.

– Je ne sais pas si vous mesurez la gravité de la situation, il faut choper ce type avant qu'il ne donne des idées à tous les hackers de la planète.

– À ce propos, répliqua Isabelle, tout givré qu'il est, c'est d'abord un homme dévasté par la mort de sa fille. Il faudra s'en souvenir si nous devons négocier avec lui.

– Autant éviter, fit Guérin.

Isabelle croisa les bras.

– Vous dites ça en pensant à *Netkortex* et à ses combines « Secret Défense » ?

Elle avait fait mouche. Le commissaire pâlit. Il lui demanda de la suivre sur le palier.

– Qu'avez-vous déniché ?

– Pratiquement tout : la PJ de Versailles enquête depuis des années sur le meurtre du professeur Bolloche. Avant de le flinguer, Serret a dérobé des secrets industriels liés au décodage du cerveau et à l'intelligence artificielle. Il s'en est servi pour bricoler une machine infernale : un truc qui lui donne l'illusion que sa fille Molly n'est pas décédée, que son esprit a migré dans un ordinateur. Une histoire de fou, en somme.

– Il y a bien pire, capitaine.

Elle parut surprise.

– Que peut-il y avoir de plus grave que la mort d'un homme ?

– La mort de centaines d'autres.

Il venait à peine de prononcer ces mots quand la lumière s'éteignit brutalement. L'immeuble était plongé dans le noir.

Dans la pièce voisine, les techniciens de la DGSI poussèrent un cri de surprise.

Isabelle courut vers une fenêtre.

Les ténèbres recouvraient tout le quartier. Un *black-out* total.

Isabelle et Guérin pensèrent la même chose au même moment.

C'est Serret qui a fait ça.

48

Après avoir quitté l'hôtel, Samuel Serret s'était mêlé à un groupe de fêtards qui donnaient de la voix au pied de son immeuble. Ils étaient six et parmi eux, sa silhouette dépareillait à peine. Il avait pris soin de relever la capuche sur son bonnet. Cette nuit, c'était la nouvelle lune ; le ciel était couleur d'encre.

Molly ne s'est pas trompée sur la météo ! songea-t-il.

Suite au black-out, aucune lumière n'éclairait plus la rue. Les passants ne semblaient pas surpris, la plupart s'amusaient de la situation. À l'abri des regards, la petite communauté s'enhardissait déjà : jets de canettes, coups de pieds dans les devantures des magasins. Les taggers allaient s'en donner à cœur joie.

Tous étaient bien éméchés, aussi personne ne fit attention à Samuel qui s'éclipsa dans le hall de sa résidence. Faute de courant, le digicode était inactif ; il prit sa clef pour entrer et monta l'escalier dans les ténèbres. Il fit quelques mètres dans le noir avant d'utiliser l'écran rétroéclairé de son téléphone pour se guider.

La porte blindée de son appartement était verrouillée par une serrure électronique ; elle contenait quatre piles de secours et pouvait fonctionner sans électricité.

Il ouvrit la porte. Son premier réflexe fut de vérifier que les rideaux des fenêtres donnant sur la rue étaient bien tirés. Dans la cuisine plongée dans le noir comme toutes les autres pièces, il sentit la présence de sa compagne. Elle se tenait près de la table, immobile dans son fauteuil.

Sans lui prêter plus d'attention, il se dirigea vers leur chambre, attrapa un sac à dos dans la penderie et commença à le remplir de vêtements. Il procédait à tâtons. Plus tard, il se rendit dans la salle de bain pour récupérer un flacon de mousse à raser, posé en évidence sur le bord de l'évier. L'intérieur était vide, il servait de cachette à une clef radiale attachée à un lacet de cuir. Il la fit glisser dans la paume de sa main et la rangea avec précaution au fond d'une poche de son pantalon.

Dans une autre pièce, entre deux piles de vêtements, se trouvait une enveloppe kraft remplie de devises étrangères ainsi qu'un faux passeport brésilien, au nom de

Samuel Nicolelis, acheté 2 000 euros sur le darknet.

Des grincements dans son dos, le fauteuil de Laurence Delrue s'était rapproché.

– Que fais-tu ? demanda-t-elle d'une voix mal assurée.

Il ne répondit pas tout de suite ; il boucla son sac puis s'empara d'un trousseau de clefs rangé dans l'unique tiroir de la table de nuit. Posé sur le lit, son téléphone diffusait une lumière sépulcrale. À l'écran, le visage de Molly. Ses cheveux étaient blonds : la dernière perruque que sa mère lui avait achetée.

– Nous partons maintenant.

– Où allons-nous ?

Il ricana :

– En ce qui te concerne, nulle part. Je sais que tu as déjà parlé avec les flics.

– Mais non… je…

Il se redressa, en colère :

– Ne me mens pas, tu m'entends !

Elle se recroquevilla dans son fauteuil.

– Tu pars avec ta maîtresse ?

Il enfila les bretelles de son sac à dos.

– Pauvre idiote, tu n'as jamais rien compris. Si je ne quitte pas cette ville, les flics nous sépareront, Molly et moi.

Elle murmura :

– Molly est morte, il y a longtemps…

Elle le sentait dressé devant elle, les poings serrés. Il lui faisait peur.

Sa voix prit subitement un ton venimeux :

– Molly, dis bonjour à Laurence.

Dans la main de Samuel, le téléphone répondit :

– Bonjour, Laurence.

Elle resta pétrifiée.

Cette voix... c'est celle de la petite !

– Samuel, comment est-ce possible ?

– Je n'ai pas le temps de t'expliquer.

Il ramassa le smartphone.

– Écarte-toi !

En tentant de le serrer contre elle, la femme vit qu'il tenait quelque chose dans une main.

Le trousseau de clefs.

– Notre maison de campagne ? C'est là-bas que tu vas ? C'est chez moi, c'était la maison de maman. Tu n'as pas le droit !

Il fit jouer les clefs entre ses doigts.

Toujours ce ton dur.

– Tu en serais capable, n'est-ce pas ?

– Mais de quoi ?

– De dire aux flics où nous allons, Molly et moi.

– Samuel, mais qu'est-ce qui t'arrive ? Qu'as-tu fait ? Pourquoi la police te recherche ?

Il repoussa brutalement le fauteuil avant de marcher vers la cuisine. Il en revint avec dans la main une chose qu'elle reconnut aussitôt.

– Tu ne me laisses pas le choix. Personne ne pourra jamais m'arracher Molly.

Elle hurla.

49

Daniel Guérin se rua vers le monitor.

– C'est lui qui a fait ça ! Qu'est-ce que vous avez sur les écrans ?

Un policier s'efforçait d'accentuer la résolution d'image.

– Nos caméras sont autonomes en courant, monsieur. Le problème vient de l'extérieur : il y fait noir comme dans un four.

– Lancez une détection infrarouge.

– C'est insuffisant pour reconnaître l'objectif.

La lumière diffuse des écrans rendait tous les visages livides. Pris d'une intuition, le commissaire Guérin courut vers l'escalier avant de descendre les marches à toute vitesse. Il s'accrochait fermement à la rambarde.

Ce n'est pas le moment de te fouler une cheville. Si on le rate maintenant, jamais on ne le retrouvera. Ce serait une catastrophe !

Dehors, il rejoignit en courant une camionnette du service, garée derrière un abribus.

Pas le temps de donner des ordres, ça va se jouer entre lui et moi, maintenant.

À l'arrière du véhicule de surveillance, deux hommes posèrent leur appareil photo.

– On ne voit rien, monsieur.

– Évidemment, rugit-il en saisissant une mallette rangée sur le côté.

Il en sortit des jumelles de vision nocturne. Elles permettaient d'intensifier un millier de fois la lumière résiduelle. Quand Guérin la mit sous tension, l'appareil lança un bruit aigu.

Il prit appui sur le toit de la camionnette pour mieux examiner la rue. Des silhouettes se détachaient dans une pâleur verdâtre, on distinguait à peine les visages.

Il observa l'entrée de l'immeuble : rien ne s'y passait.

Serret doit déjà se trouver à l'intérieur.

Il se dirigea vers le bâtiment en petites foulées. Arrivé devant le digicode, il vit que la porte s'était mal refermée. Le mécanisme de rabat devait manquer d'huile.

Une chance.

Jumelles sur le nez et main droite sur la crosse de son arme, il progressa lentement dans la cage d'escalier.

Oublie l'ascenseur.

Il avançait prudemment, marche après marche. Il sortit son Sig Sauer dès le premier palier, le canon pointé vers l'avant. La vision dans ses jumelles se dégradait de plus en plus, il n'y avait pas de fenêtres dans la cage d'escalier.

Autour de lui, des bruits divers : jappements d'un chien, vociférations, pleurs de bébés. La coupure de courant n'était pas passée inaperçue.

Plus que quelques mètres avant l'appartement.

Une petite voix lui murmurait : *T'es inconscient de venir seul.*

Mais il était déterminé. *Dans cinq minutes, je lui mets les bracelets. Tu as fait assez de dégâts comme ça. Fini le virtuel : la prison c'est très physique, tu vas vite t'en rendre compte.*

Il avait coupé le volume de sa radio qu'il sentait pendre sur sa cuisse. Ce n'était pas confortable pour courir.

La porte était là, entrouverte.

La panne a dû débloquer la serrure électronique dont parlait le collègue. Faut être cinglé pour s'enfermer avec un téléphone…

Guérin ne bougeait pas.

Prends ton temps, y'a pas d'autres issues. Et s'il saute par la fenêtre, le fantôme de Metivier l'attendra en bas pour le conduire tout droit aux enfers.

Sur le sol en ciment, le commissaire se faufila lentement à travers l'ouverture. À l'intérieur : odeur lourde, rideaux tirés.

Patience. Ne plus bouger. Guetter le moindre bruit.

Tap, tap, tap…

Quelque chose cognait, pas loin, très assourdi.

Derrière ses jumelles, le taulier balaya l'espace d'un mouvement circulaire. Rien ne remuait.

C'est quoi ce bruit ?

Tap, tap, tap…

Il s'approcha d'une chambre. La cuisine sur la droite, une odeur forte de parfum.

Un truc pour assainir les chiottes ? Quelle saloperie, ça pue.

La piaule.

Tap, tap, tap…

Le son venait de derrière la porte d'une penderie.

Un instant, Guérin ne sut quoi faire.

Putain d'odeur. Des fleurs pourries ?

Il coinça les jumelles sous son aisselle gauche et ouvrit l'armoire d'un coup sec.

Une forme se débattait à l'intérieur, membres ligotés, bouche bâillonnée.

Une femme entre deux âges, vêtue seulement d'une chemise de nuit.

– Calmez-vous, lui murmura Guérin. Je suis de la police, je vais vous libérer.

Il ne voyait pas son visage, mais il devinait son expression de terreur. Elle secouait frénétiquement la tête.

– Vous n'avez plus rien à craindre.

Misère, une vraie furie. Qu'est-ce qu'il lui prend ?

Il arracha le tissu qui l'empêchait de parler.

Elle poussa un grand cri avant de hurler :

– Tout est piégé au gaz !

Un frisson d'horreur traversa Guérin. Sans réfléchir, il lâcha les jumelles, laissa tomber son arme et agrippa la femme. Elle ne tenait pas debout, il fit passer sa tête sous son bras avant de la soulever, grimaçant sous l'effort.

Il marchait aussi vite qu'il pouvait vers la sortie. Il n'était plus qu'à quelques mètres de la porte quand, déstabilisé par cette charge inhabituelle, un de ses pieds s'entrava dans le tapis.

Il tomba au sol, écrasé par le poids de la femme. Il jeta un regard éperdu vers la porte entrouverte quand subitement le courant revint dans la pièce, l'immeuble et le quartier tout entier.

Guérin perçut entre deux battements de son cœur le son d'une étincelle qui grésille.

La déflagration se produisit aussitôt après.

L'appartement venait d'être soufflé.

50

Sur un siège, devant l'entrée du service de réanimation, Ludivine Rouhand fixait la pendule au mur. Elle attendait depuis près de deux heures. Régulièrement, elle descendait dans le hall pour s'enquérir de l'avancement de l'enquête. Là-haut, patientaient avec elle un commissaire de la DGSI ainsi que deux cadres supérieurs venus du siège. Enfin, un médecin vint à leur rencontre. Il semblait préoccupé.

– Les blessures de monsieur Guérin sont sérieuses, des brûlures pour l'essentiel. Différentes parties de son visage présentent des lésions profondes ; elles nécessiteront un traitement chirurgical. Pour le moment il dort, nous lui avons administré des sédatifs.

La nouvelle les plomba tous.

– C'est un miracle qu'il soit en vie, ajouta l'homme en blanc. Les sapeurs-pompiers m'ont dit qu'il devait être au sol, au moment de l'explosion. L'autre personne présente dans l'appartement a eu moins de chance, son corps a été soufflé.

– Il va s'en sortir ? demanda quelqu'un.

Le médecin n'était pas rassurant :

– Il est robuste, mais...

Un responsable de la DGSI se tourna vers Ludivine :

– Où en est votre enquête, commissaire ? Ce terroriste ne nous a que trop nargués.

Elle jeta un coup d'œil aux alentours pour s'assurer que personne ne les écoutait.

– J'ai eu le groupement de gendarmerie départemental de Loire-Atlantique, il y a une heure : le plan Épervier est déclenché. Au moment où nous parlons, des patrouilles quadrillent les routes autour de Nantes. Nous avons envoyé des policiers en civil et en tenue surveiller les gares routières et ferroviaires et tous les aéroports dans un rayon de cent kilomètres autour de l'agglomération. Des motards sont postés auprès des principales entrées de péages, en direction de Paris et de Bordeaux.

– Il est peut-être déjà loin ? fit un des tauliers, sceptique.

Elle secoua la tête :

– Si c'est un hacker, il est plus à l'aise derrière un ordinateur que dans la tenue d'un fugitif. Les mailles de notre filet sont étroites, on va l'avoir. C'est une question d'heures. Ce qui m'inquiète le plus, c'est le compte à rebours, il nous reste une journée à peine pour l'obliger à neutraliser ses « bombes logiques ». Le temps presse.

– On a une idée de l'origine de l'explosion ?

– L'unité d'intervention « Urgence Gaz » est encore sur place. Si j'en crois leurs premières constatations, le robinet d'arrivée du gaz était ouvert au moment de la déflagration. Quand le courant est revenu, il s'est produit une étincelle électrique qui a déclenché l'explosion. Une chose curieuse, aussi : la cuisine était aspergée de produit désodorisant.

– Pour quoi faire ?

– Pour masquer l'odeur du gaz, peut-être ?

– Ce serait un piège ?

– Ça m'en a tout l'air.

– Samuel Serret nous a bien déclaré la guerre, conclut un commissaire.

Un de ses collègues ajouta, furieux :

– Ouvrir le gaz, c'est à la portée de n'importe quel candidat au suicide. Mais plonger tout un quartier dans le noir, c'est sidérant ! Comment a-t-il réussi ce tour de force ?

Rouhand relut les notes prises dans son petit carnet :

– Le fournisseur d'énergie a lancé un audit, et l'ANSSI a dépêché une équipe pour examiner ce qui a bien pu se passer. Il semble que l'attaque ait visé l'ordinateur d'un employé de la compagnie d'électricité ; il aurait téléchargé sans y prendre garde une fausse mise à jour. Celle-ci contenait un logiciel malveillant qui a infiltré et pris le contrôle du système qui pilote les infrastructures d'acheminement de l'électricité.

– Ça paraît si simple, à vous écouter.

– Eh bien, selon l'ANSSI, ça l'est vraiment ! La télégestion de ce type d'installations se fait par internet, et les machines utilisées pour la distribution du courant ont été conçues dans les années 80, bien avant la naissance du cyberespace, donc...

– Il peut encore faire des dégâts, maintenant que son domicile est détruit ?

Rouhand hocha la tête :

– C'est probable, les collègues de la PTS n'ont pas relevé de débris informatiques. Or, Serret a besoin de machines, d'infrastructures pour lancer ses attaques. S'il n'y avait rien à son domicile, c'est que son « poste de commandement » est ailleurs.

– Mais où, bon sang ?

Elle regarda le contrôleur.

– C'est ce qu'il nous faut trouver dans les prochaines heures, avant l'échéance fatale !

51

Dans leur QG qui sentait toujours la vieille poussière, Charolle étala une carte de Nantes sur la table. Tous les effectifs de la cellule M4STER SHARK entouraient Isabelle.

– J'ai pensé à un truc, fit le commandant. De quoi notre homme a besoin pour lancer ses attaques ? D'un réseau internet, d'un attirail et d'une proximité avec ses cibles, comme pour les jumeaux Pelland. Et si on faisait le tour des vendeurs de matériel informatique ? On leur montre la photo du fugitif et on recueille des témoignages. J'ai commencé à regarder, on a une vingtaine d'enseignes dans toute l'agglomération.

– Il reste vingt-quatre heures avant le grand boum, fit Hugo. On a encore le temps pour ça ?

– Tu as une meilleure idée ? lança Isabelle. On est une dizaine, on peut se faire deux boutiques chacun. À onze heures, on aura fait le tour des commerçants. Retour ici pour faire le point !

Le groupe se dispersa.

Charolle avait prévu de visiter deux adresses, à l'ouest de Nantes. L'une se trouvait dans une galerie. Après un premier échec, le second vendeur examina la photo que Charolle avait posée devant lui.

– Elle était dans *Presse Océan* ce matin, mais je n'avais pas fait le rapprochement. Maintenant que je l'ai à nouveau sous les yeux, je me dis que ça pourrait être lui.

– Cet homme est venu dans votre boutique ?

– Absolument.

– Quand ?

– Il y a deux ou trois semaines. C'était pour acheter un routeur portatif.

– C'est quoi ?

– Un cube en plastique, qui fait dans les 800 grammes et qui permet de créer son propre réseau WI-FI n'importe où.

– Même dans un lieu isolé ?

– Mais oui, même dans un désert par exemple. Il suffit d'une carte SIM et d'une pile spécifique qui dure une vingtaine d'heures. C'est une batterie coûteuse qu'on ne peut se procurer qu'auprès de revendeurs spécialisés.

– Il avait une attitude particulière ?

– Non, pour autant que je me souvienne. Il m'a aussi acheté deux unités centrales.

– C'est lourd ça ?

– Euh, ça l'était dans les années 80, plus maintenant.

Charolle allait prendre congé quand le commerçant lança :

– Il était venu en voiture.

– La marque ?

– Une petite berline, couleur beige, il me semble. Je l'ai aidé à charger les cartons dans son coffre. Je peux vous dire qu'il y avait également un siège rehausseur pour enfant.

– Vous êtes observateur.

– J'ai le même pour ma fille.

– Quel âge, votre petiote ?

– 7 ans.

Charolle sortit sur le trottoir avant d'appeler la salle de trafic de l'hôtel de police.

– Salut, commandant Charolle de la crime. Ce serait pour un passage au fichier des cartes grises. Le titulaire se nomme : Laurence Delrue.

La réponse tomba aussitôt :

– Une Clio beige, ok ! Merci, les gars.

Nouveau coup de fil pour Ludivine Rouhand :

– Madame, on a du neuf : notre homme se déplace en voiture. Pourriez-vous demander au directeur de la sécurité publique de faire diffuser le signalement de la bagnole à toutes les patrouilles de police et de gendarmerie ? Il s'agit d'une Clio beige, un siège enfant se trouve à l'arrière. Vous avez de quoi noter l'immatriculation ?

Il raccrocha, plein d'espoir.

Plus qu'une journée pour le serrer.

52

Samuel posa au sol un sac de victuailles. La lumière de la pièce était blafarde, le froid vif.

Il tâta machinalement la clef au fond de sa poche. La perdre serait la pire chose qui puisse lui arriver.

L'écran était allumé, sa fille le regardait.

– Tu ne dis rien, papa ?

– Fatigué…

– Repose-toi un peu. Je vois que le matelas est toujours là.

– Je vais rester avec toi un moment.

– Tu as besoin de quelque chose ?

Il fixa l'écran.

– On parle de moi dans la presse ?

Requête croisée sur 10 moteurs de recherche francophone.

– Oui, papa.

– Ma tronche est en ligne ?

Silence.

– Mon visage apparaît ? corrigea Serret.

– 74 photos.

Il frémit.

– Montre.

À l'époque, il avait les cheveux longs et pas de lunettes. Seules quelques années le séparaient du type sur la photo, mais ce temps avait suffi pour que sa famille soit décimée.

Où les ont-ils récupérées ? Chez Netkortex, sûrement. En me croisant dans la rue, ce n'était pas si évident de me reconnaître. Mais une machine le pourrait facilement.

– Molly ?

Sa voix était froide.

– Oui.

– Je veux que tu leur fasses du mal.

– Précision de la requête.

– Les neutraliser, les détruire, leur supprimer la vie s'il le faut.

– Assassinat ?

– Oui. Nous sommes en guerre ; ils veulent nous séparer. C'est eux ou nous. Empêche-les de nous faire du mal.

– Contre-attaque, réplique ?

– Oui !

– Intensité ?

Samuel resta silencieux un moment, puis :

– Commence par les policiers identifiés.

– Cibles détectées : 7.

– Quelle est la plus exposée ?

– Traces internet, physique, âge, localisation…

– Recherche multicritères, tout ce que tu peux, Molly.

Une barre de téléchargement s'afficha brièvement avant que la voix enfantine annonce :

– 2 policiers trouvés : Christian Charolle et Isabelle Mayet.

Samuel prit un instant pour réfléchir :

– Commence par Charolle : c'est la cible à neutraliser. Mode d'attaque choisi ?

La réponse tomba aussitôt

Samuel sourit.

– Très bien.

– Action ? fit Molly avec sa voix angélique.

Sans prendre la peine de répondre, Samuel appuya sur la touche « Entrée ».

Le commandant était sur le point d'arriver à leur QG quand son téléphone vibra dans sa poche. Un appel de la salle de trafic et de commandement de l'hôtel de police :

– Christian Charolle ?

– Je suis là.

– Une patrouille vient de repérer votre Clio beige.

– Génial !

– Elle est garée près de la déchetterie, boulevard du Maréchal Juin.

– Vous avez du personnel sur place ?

– Un équipage, deux hommes.
– Dites-leur de ne toucher à rien surtout, et prévenez le déminage. Je les rejoins tout de suite.
Nouveau coup de fil à Isabelle :
– T'es où ?
– Au QG et c'est chaud.
– Que se passe-t-il ?
– Des types de Paris sont là, ils bossent pour un service dont je n'ai pas retenu le sigle. Ils font un point sur les « bombes logiques ».
– Moi j'en ai une autre, de bombe. On a retrouvé la bagnole de Laurence Delrue.
Elle émit un sifflement d'admiration.
– Je transmets la nouvelle à la patronne, fais gaffe à toi !

Il se gara sur le trottoir qui faisait face à la déchetterie. Non loin d'une autre voiture, une Nissan Micra jaune, familière. Elle était maculée de poussière et ses roues étaient presque dégonflées. À l'intérieur, un sac de couchage, des boîtes de céréales ouvertes et un vieux réchaud à gaz.
Tony doit être au boulot.
Il tourna la tête vers la voiture sérigraphiée des collègues, à deux cents mètres de là. Les hommes en tenue encadraient la citadine.

Charolle alla les saluer :

– Comment l'avez-vous trouvée ?

– On nous a signalé un cambriolage dans un entrepôt, tout près d'ici. C'était une fausse alerte, mais en repartant, on l'a remarquée sur le côté.

– Vous n'avez touché à rien ?

– Non, bien sûr.

Charolle jeta un coup d'œil à l'intérieur.

Un fauteuil pour enfant.

Un bruit de sirène au loin, la camionnette du centre de déminage de Nantes approchait. Deux hommes en sortirent, des policiers comme eux.

– Un véhicule suspect ? demanda l'un des techniciens.

– Elle a été conduite par le type dont les journaux parlent tous les jours.

– Oh merde, un rapport avec l'explosion au gaz ?

– Oui. C'est pour ça que je vous ai fait appeler.

Les deux démineurs se concertèrent du regard :

– Un boulot pour *Téodor*, on dirait.

Pendant que les gardiens renforçaient le périmètre de sécurité, les artificiers se dirigèrent vers l'arrière de leur fourgonnette. Quelques minutes plus tard, un bruit de chenilles se fit entendre.

Il s'agissait d'un robot équipé de caméras et d'un bras articulé muni d'une pince. *Téodor* disposait également d'un canon à eau capable de disloquer des colis suspects en projetant un jet à très haute pression.

Charolle vit un des techniciens manœuvrer la bête ; il se servait d'un terminal qui avait la forme d'une grosse tablette jaune.

– Votre truc n'est pas relié au robot par le WI-FI, au moins ?

La question surprit l'opérateur.

– On utilise la fibre optique.

– Je préfère, dit l'autre. Le type qui conduit cette bagnole est capable de transformer un poste de radio connecté en bombe nucléaire. Soyez prudent, vraiment.

– Z'inquiétez pas, on a l'habitude.

Le robot se dirigea lentement vers la Clio. À bonne distance, les démineurs suivaient le cours des événements par caméra interposée.

Sur leur écran, ils distinguaient l'intérieur de l'habitacle. Puis, un capteur optique passa sous la voiture. Une lampe puissante éclairait les différents composants : module électronique, pot d'échappement…

Ensuite, la pince s'attaqua au capot qu'elle découpa minutieusement avant de l'arracher. Les fils de la batterie furent proprement sectionnés.

Charolle était fasciné. *Téodor* roula doucement vers le coffre arrière, en fractura la fermeture puis le releva d'un mouvement contrôlé.

– Pas de bonbonnes de gaz, c'est déjà ça, souffla un des démineurs en examinant ce qu'il y avait à l'intérieur.

– Faites gaffe au rehausseur, murmura Charolle.

– Ok, on ne va pas prendre de risque.

La pince brisa la vitre avant d'entraîner la portière dans un bruit de métal déchiré. La caméra fixait le siège enfant. L'opérateur positionna doucement le canon à eau au niveau de sa base.

– C'est quand vous voulez.

– Allez, qu'on en finisse.

Le policier appuya sur un bouton. Aussitôt, un puissant jet d'eau le pulvérisa.

– Fausse alerte ? demanda Charolle.

– On dirait bien, c'est mieux comme ça.

– Désolé pour le dérangement.

– C'est le métier, sourit l'autre. Ce soir, on rentrera entier chez nous.

La camionnette des démineurs repartait, mais Charolle décida de s'attarder. Il se dirigea vers la déchetterie. Du coin de l'œil, il voyait que la Nissan était toujours là.

C'était le « domicile » d'un de ses plus vieux contacts, Tony Charton. L'homme dormait dans sa voiture depuis des années. Il vivait de petits boulots, et quand sa bagnole disparaissait du paysage nantais, Charolle en déduisait qu'un job occupait Tony quelque part : du maraîchage ou des vendanges…

Le flic espérait qu'il finisse par se poser ; il lui avait plus d'une fois trouvé un logement d'urgence, mais l'homme avait trop honte pour se rendre dans des centres pour SDF. Tony avait dévissé comme tant d'autres. Licenciement économique, surendettement, divorce et la spirale infernale qui s'enclenche : loyers en retard, huissier et expulsion.

Depuis trois ans, il ne voyait plus son fils. Sa mère s'était remariée avec un fonctionnaire de l'éducation nationale. Tous les trois vivaient à Toulon.

Tony était convaincu que son ex-femme avait monté le bourrichon à leur enfant et que, depuis, celui-ci prenait son père pour une cloche.

Charolle le surprit en train de trier de vieux téléviseurs dans un conteneur. Il portait des gants de protection et ses bottes foulaient un monceau de débris électroniques, tranchants comme des lames de rasoir.

Le flic le salua de la main.

Tony hocha la tête avant de reposer un écran qui devait peser dans les quinze kilos.

– Comment va la grande maison ? demanda-t-il, en essuyant d'un revers de manche la sueur qui perlait sur son front.

– Bien, Tony. Et toi ?

Il fit la moue :

– Vivement que l'hiver se termine.

Charolle jeta un coup d'œil vers le préfabriqué qui servait de vestiaire aux employés.

– Ton chef n'est pas là. T'as le temps de casser une graine ?

– Bien sûr.

Charolle l'emmenait de temps en temps prendre un croque-monsieur, un café et une part de tarte dans une brasserie située près des entrepôts. C'était le repaire des dockers et des ouvriers du quartier. Sur un des murs, au-dessus d'un baby-foot aux poignées luisantes et usées, des photos de l'ancien temps : des trognes de soudeurs prises sur le site des chantiers navals Dubigeon sur l'île de Nantes d'où sortirent tant de trois-mâts, de torpilleurs et de cargos. Tout avait fermé à la fin des années 80, emportant une partie de la mémoire nantaise.

Dans cette brasserie, il était au chaud et il avait une faim de loup. Charolle lui commanda un autre café.

Tony s'essuya le bord des lèvres avec une serviette en papier.

– Tu ne devais pas partir en retraite ?

– Il me reste quelques trimestres à grappiller. Après, je tire ma révérence.

– Tu me manqueras. T'es le flic le plus sympa que je connaisse ; les autres me refilent des amendes à cause de ma bagnole.

Une pause.

L'indic avait du vague à l'âme. Cela lui arrivait souvent.

– Tu sais, j'ai peur qu'on me l'enlève. Elle est si ancienne. Ça me tuerait de la voir dans une casse automobile, transformée en cube. Je t'avais raconté qu'elle nous avait transportés pour notre voyage de noces, moi et Corinne ?

Oui, mon vieux, au moins un millier de fois…

– Toutes les photos de mon fils sont dans la boîte à gants, qu'est-ce que je ferais sans elles…

Charolle sortit l'image de Serret.

– On le cherche partout, il est dangereux.

L'indic l'examina en plissant les yeux.

– Son visage me dit quelque chose.

Charolle se redressa imperceptiblement.

– Où ?

– Du côté de l'ancienne fonderie...

Encore la fonderie...

– ... C'était un soir, poursuivit-il, je me les gelais dans ma titine et j'étais garé près de l'atelier qui rechape les pneus.

– Je vois, ce n'est pas loin d'ici.

– Je n'étais pas rassuré, y'avait des rôdeurs, j'avais peur qu'ils me pètent une vitre. Alors je suis resté sur le qui-vive une partie de la nuit, les yeux ouverts. Et c'est là que je l'ai vu. Un mec avec un sac à dos qui sortait de la fonderie. Il a traversé la route, puis il a dépassé ma bagnole.

– C'était quand, ça ?

– Deux semaines peut-être.

– Merci.

– De rien, Christian. Tu viendras me dire au revoir, avant de partir en retraite ?

53

Ludivine s'était garée juste devant l'ancien poste de police à la façade grise, peu engageante.

Deux hommes en costume sortirent de la voiture. En levant les yeux, ils ne purent réprimer leur scepticisme.

– Qu'est-ce qu'on fait ici, commissaire ?

– Je vais vous l'expliquer, répondit-elle en leur désignant la porte d'entrée.

Le hall était vide, des morceaux de carton gisaient dans la poussière.

L'ascenseur était hors service. En haut, on entendait des bruits de machines à écrire. Ludivine conduisit les deux hommes à la salle du QG. Six fonctionnaires s'y affairaient.

– Désolée de vous interrompre, mais nous devons nous réunir sur-le-champ, ces messieurs de l'ANSSI ont quelque chose d'important à nous dire.

On fit de la place sur une table. Le plus âgé des deux prit la parole :

– Je m'appelle René Neerdael et voici Olivier Jacob, mon collègue. Nous travaillons au COSSI, le centre opérationnel de la sécurité des systèmes d'information. Nos bureaux se trouvent Tour Mercure, quai de Grenelle à Paris.

– Le COSSI s'occupe des cyberattaques qui visent les infrastructures critiques du pays, compléta Ludivine.

– L'attaque contre TV5 Monde en 2015, c'est nous qui avons géré la crise, ajouta Neerdael. Nous ne dépendons pas de l'Intérieur, mais des services du Premier ministre. Si nous sommes devant vous, c'est sur demande expresse de Matignon. Là-haut, on voit rouge, je ne vous le cache pas. Qu'un pirate informatique puisse paralyser les activités d'un hôtel de police, c'est quelque chose qui ne passe pas du tout.

– Si je vous ai fait venir ici, ajouta Ludivine à l'attention des deux hommes, c'est pour que vous puissiez nous exposer votre plan sans risque de fuite.

Neerdael hocha la tête :

– Compte tenu du contexte, il me semble que c'est parfaitement justifié.

– L'attaque que vous subissez à Nantes est particulièrement grave, mais nous sommes en mesure de la neutraliser, rassura Jacob. Quelqu'un a entendu parler de PIRANET ?

Personne ne broncha.

– Il s'agit d'un programme « Confidentiel Défense » destiné à répondre à une crise majeure d'origine informatique. De nombreux scénarios ont été imaginés, tous plus redoutables les uns que les autres. L'un deux concerne la propagation de *rootkits* agressifs au sein d'opérateurs vitaux : unités de maintien de l'ordre, hôpitaux, centrales nucléaires...

– Le *rootkit* qui s'est attaqué à la PJ relève de ce scénario, compléta Neerdael. Il est si sophistiqué qu'il a dû nécessiter d'énormes ressources et une armée d'ingénieurs spécialisés. Les moyens d'un État...

Isabelle pinça les lèvres. Elle jeta un bref coup d'œil en direction de Ludivine. La jeune commissaire ne bronchait pas.

Ils ne savent pas pour SITOM.

Neerdael poursuivait :

– Nous pensions être parvenus à circonscrire la menace. Au sein de l'hôtel de police, le moindre objet communiquant fonctionnant à l'électricité a été écarté, puis neutralisé. Malheureusement, cela n'a pas empêché le *rootkit* d'utiliser des réseaux tiers pour « s'échapper » et placer sa charge virale dans d'autres supports.

Un frisson de stupeur parcourut les policiers nantais.

Jacob prit le relais :

– À l'heure où nous vous parlons, le *rootkit* se terre dans une pièce de l'hôtel de police, au niveau de la brigade de la protection de la famille. Il attend probablement de capter un réseau quelconque pour se propager ailleurs. Balancer une saloperie pareille dans la nature, ce serait comme lâcher une bombe au-dessus d'un hôpital. Les conséquences peuvent être gravissimes.

– Voyons les choses d'un point de vue positif, résuma Rouhand. Le *rootkit* a été identifié et pour le moment, il ne bouge plus. Nous avons, avec l'aide de l'ANSSI, établi un cordon « sanitaire » tout autour de la pièce où il se niche. Rien de ce qui est électronique ne peut s'approcher à moins de trente mètres.

– Et maintenant, que va-t-il se passer ? demanda Isabelle. Je croyais qu'on cherchait des « bombes logiques » ?

– Il n'en existe plus qu'une, au cœur même du *rootkit*, répliqua Neerdael en posant ses deux mains à plat sur la table. C'est pour parler de ça que nous sommes venus à votre rencontre, dans cet endroit charmant.

L'autre ajouta :

– Le local est surveillé d'ordinaire par une caméra, car les armoires qui s'y trouvent recèlent des dossiers portant sur des enquêtes sensibles, en cours pour la plupart. On dénombre plusieurs objets connectés dans la pièce et, malheureusement, ils sont tous contaminés.

Jacob prit du papier et des crayons pour représenter la salle.

– Parmi les supports infectés, nous avons un détecteur de fumée, un compteur électrique derrière un panneau en bois et un carton rempli de webcams sans fil, saisies au domicile d'un pédophile. Elles étaient éteintes et placées sous scellés, mais l'une d'elles, intégrée à un PC, a dû s'allumer toute seule. Le *rootkit* en a profité pour l'infecter.

L'assistance était d'une attention extrême.

– Maintenant, que faire ? ajouta le fonctionnaire. Nous avons commencé à vous l'expliquer : neutraliser ces engins suffisamment vite pour que le virus ne puisse pas rebondir ailleurs.

– Vous avez parlé d'un « cordon sanitaire », objecta Isabelle.

– Nous avons contrôlé tous les supports internes à l'hôtel de police, mais nous ne pouvons pas bloquer toutes les ondes à l'extérieur. Il faut donc frapper avec la vitesse de l'éclair tout en restant discret ; la caméra qui surveille cette pièce est probablement dans les mains du hacker.

Une pause.

Rouhand se voulut encourageante :

– Les représentants du COSSI ont un plan à nous suggérer.

Sur ces mots, Jacob posa une valise sur la table. Il en sortit un disque circulaire en métal.

– Voilà la solution à notre problème, commenta son collègue. Il s'agit d'un prototype que nous avons élaboré tout récemment, avec le concours d'une entreprise d'armement spécialisée dans la guerre électronique. Nous l'avons appelé *GEME*. C'est une grenade à impulsion électromagnétique. Cet engin est capable de détruire tous les supports électroniques connus.

– Vous allez l'activer dans l'hôtel de police ? s'exclama Charolle.

– Nous l'avons déjà testé, bien sûr. Les ondes n'affecteront que les objets numériques. Les murs ne trembleront pas, le bâtiment n'aura pas à souffrir de l'explosion. J'ajoute que c'est sans effet sur l'organisme des êtres humains.

Le scepticisme gagnait les rangs.

– C'est une mesure extrême, admit Jacob, mais si nous voulons balayer le *rootkit*, il n'y a guère d'autres solutions. Nous devons traiter au même moment tous les supports infectés.

– Nous pourrions éteindre la caméra, ajouta son collègue, mais le hacker comprendrait aussitôt que nous tentons quelque chose. Le risque serait trop grand.

– Vous avez pris les bonnes décisions en réagissant à temps, fit Neerdael en se tournant vers la commissaire. Il nous reste une petite chance d'éradiquer cette saloperie avant qu'elle ne s'échappe.

– Et si nous échouons ? demanda Isabelle.

Jacob lui lança un regard noir.

– C'est une éventualité que je refuse d'envisager.

– Nous avons besoin de savoir, ajouta Charolle. Il s'agit de notre ville, de nos familles.

Neerdael serra les dents :

– Le virus deviendrait pratiquement impossible à éliminer. Après avoir dupliqué ses composants de façon quasi exponentielle, il pourrait se propager à travers un nombre improbable de machines connectées, dépourvues d'antivirus. Tous les scénarios peuvent être imaginés, surtout les pires : il serait en mesure d'ouvrir des portes dérobées dans des systèmes de vidéosurveillance, de traitement des eaux ou des sites nucléaires, et prendre le contrôle de milliers d'automates industriels pour faire dérailler des trains ou dysfonctionner des barrages hydrauliques. En fin de compte, il finirait par bloquer la plupart des communications en submergeant à coup de flux malveillants les principaux fournisseurs d'accès internet.

– Ce serait le chaos, résuma Jacob. La France se retrouverait paralysée et exsangue.

Hugo se leva le premier.

– Qu'est-ce qu'on attend pour agir ?

Ces considérations techniques lui parlaient, à lui plus qu'à un autre.

Ludivine regarda le policier avec gravité.

– Il nous faut un volontaire pour accéder à la pièce contaminée, déposer la *GEME* et ressortir avant qu'elle n'explose. Comme on vous l'a expliqué, si la caméra remarque une chose inhabituelle, le *rootkit* réagira aussitôt.

– Un seul essai possible, répéta Neerdael.

Le silence tomba comme une chape de plomb.

Hugo était toujours debout.

– Je crois que nous avons notre homme, fit Jacob.

54

– Tiego, parloir.

Le maton laissa la porte du mitard ouverte.

Celui qu'on venait d'appeler tourna la tête et se redressa lentement sur son lit. Il occupait une cellule individuelle au sein de la Maison centrale de Saint-Martin-de-Ré. C'était un homme petit et sec, mais dont la musculature était noueuse comme de la treille. Condamné à vingt-deux années de réclusion pour assassinat précédé d'actes de torture sur un homme, Tiego savait qu'il sortirait de prison avec les cheveux blancs. Il continuait pourtant de rayonner en caïd sur certains des trafics qui irriguaient l'agglomération nantaise : médicaments contrefaits, prostitution « étudiante » (de jeunes femmes originaires d'Europe de l'Est qui n'avaient pas vocation à fréquenter les bancs de la Fac), vols d'engins sur les chantiers... Tout le monde connaissait sa forte personnalité, et son réseau au-delà des murs en faisait frémir plus d'un. Il suffisait d'un mot de sa part pour qu'une équipe aux ordres se charge d'une balance ou d'un débiteur rebelle.

Cette emprise n'avait pas échappé au Bureau du renseignement pénitentiaire (BRP) qui surveillait les moindres faits et gestes du gitan.

Ce jour-là, au parloir, Mansone lui apporta des nouvelles de sa mère. En langage codé, le sbire venait au rapport. Au détour d'une phrase, toutefois, les propos se firent plus directs :

– Quelqu'un m'a envoyé un message, hier soir.

– Et alors ?

– Une adresse suivie d'un nom : ton ami de longue date.

Pour le fonctionnaire du BRP qui devait écouter la conversation, cette dernière remarque était sans signification. Pour Tiego, elle était limpide.

Charolle !

Le gitan serra instinctivement les poings.

Le flic qui m'a fait plonger…

Avant qu'un juge ne l'expédie en cabane, il lui avait craché quelques mots en manouche : « Un jour, une heure, je te retrouverai. Tu crèveras, toi et ta famille. Femme et gosses, tous ils crèveront. »

Le visiteur arracha le sparadrap posé dans la paume de sa main droite ; il la plaqua contre l'hygiaphone ; la caméra ne pouvait rien voir. Tiego mémorisa l'adresse avant que l'autre ne crache dans sa paluche pour effacer le message.

Le reste de la discussion ne présentait aucun intérêt. On le raccompagna en cellule.

En début de soirée, il donna une consigne pour que le bibliothécaire passe le voir le lendemain matin avec son chariot à livres. L'homme dissimulait dans certains ouvrages de petits téléphones. Des mobiles bon marché, dont la coque en plastique les rendait indétectables aux portiques de sécurité.

La plupart de ces engins étaient tombés au milieu de la cour, jetés depuis l'extérieur. On les retrouvait dans des balles de tennis ou même des chaussettes remplies de mousse.

Tiego en récupéra un, le rangea sous son oreiller puis se dirigea vers le plafonnier. La carte SIM était fixée par un chewing-gum à l'intérieur du boîtier en verre.

Il se contenta d'un SMS.

Le message commençait par une adresse, suivie de l'injonction : « Liquider tout le monde ».

Une fois celui-ci expédié, Tiego retira la carte SIM avant de l'expédier au fond des toilettes.

La nuit qui suivit, il dormit comme un bébé. Il ignorait quel bienfaiteur venait de lui livrer l'adresse de son ennemi.

Si quelqu'un lui avait dit qu'il s'agissait d'une machine, jamais il ne l'aurait cru.

55

Hugo jeta un coup d'œil dans le couloir. Une dizaine de mètres avant d'atteindre la porte de la pièce qui renfermait les dossiers de la brigade de la protection de la famille à l'hôtel de police. Il peinait à imaginer le *rootkit*, tapi derrière.

À l'aide d'un détecteur, des techniciens de l'ANSSI scannèrent ses vêtements de la tête aux pieds.

Une lumière rouge sur le cadran.

– Y'a un truc dans votre poche.

– Ce n'est que mon portefeuille.

– Votre carte bancaire, elle est sans contact ?

– Euh, oui !

– Alors, ne cherchez pas plus loin. Votre jean, votre chemise : pas d'étiquette de radio-identification à distance ? On peut les trouver à côté des consignes de lavage.

Hugo inspecta les revers de son pantalon.

– Rien, m'sieur.

– Ok pour nous ! fit l'un des techniciens à l'attention de Ludivine Rouhand.

René Neerdael s'approcha alors du policier et lui remit la *GEME* dans la main :

– Rappelez-vous que vous ne disposez que d'une « cartouche ». Vous devez toucher la cible du premier coup : une attaque foudroyante, sans rémission possible.

– J'ai compris.

– Vous avez un bouton poussoir sur le dessus de la « grenade ». Comme on vous l'a expliqué tout à l'heure, il s'agit d'un prototype ; on n'a pas eu le temps de réfléchir à une sécurité, comme sur vos flingues. Donc attention de ne pas la déclencher par inadvertance !

Hugo montra qu'il avait compris.

Isabelle regarda sa montre.

– Plus qu'une heure avant que la bombe se réveille.

– Je suis prêt.

Isabelle lui pressa l'épaule :

– Sois prudent, Hugo.

Rouhand lui lança un sourire d'encouragement :

– Revenez vite, monsieur Esservia.

Il leur fit un signe avant de s'engager résolument dans le couloir. Arrivé devant la porte, il sortit un trousseau de sa poche et introduisit dans la serrure une des clefs qui ouvrait la salle des dossiers. Son geste était suspendu, des idées gravitaient dans sa tête à cent à l'heure.

Quel cinglé a pu imaginer une saloperie pareille ?

Il retenait sa respiration.

Ne lambine pas, sinon tu n'oseras plus rentrer.

La clef tourna doucement vers la gauche, la porte était déverrouillée.

Il entra. La première chose qu'il vit fut la caméra.

Au même moment, à quelques kilomètres :

Identification en cours.

Résultat : 1

Identification : Hugo Esservia.

L'objectif de l'appareil pivota doucement sur son axe.

Hugo jeta un bref regard circulaire. Tout était comme sur le plan dessiné par le COSSI : le carton avec les webcams, le panneau en bois à côté de l'armoire (le compteur électrique était derrière) et le détecteur de fumée.

Soudain, un détail retint son attention.

La caméra, elle a bougé !

Sans se laisser démonter, il s'approcha du centre de la pièce et posa la *GEME* au sol.

À cet instant, Molly lançait une requête sur cet objet circulaire de couleur anthracite que la caméra avait détecté dans son objectif.

Elle utilisa tous les moteurs de recherche inversée d'images connues, dans six langues différentes. Certains offraient des possibilités de filtrage avancées, et comme Molly avait été « imaginée » pour la guerre, elle cibla en priorité tout ce qui s'apparentait à des armes : mines, engins explosifs improvisés…

Progression en cours : 47 %

Hugo chercha du bout des doigts le bouton-poussoir. Il transpirait.

Exploration terminée : 1 résultat

Molly remonta un message posté depuis des mois sur Twitter par un étudiant en électronique. Il avait fait un stage dans une entreprise qui fournissait en matériel le ministère de l'Intérieur. On y voyait un appareil qui ressemblait beaucoup à la *GEME*. Le stagiaire avait pris le prototype en photo avec son smartphone, puis l'avait diffusé sur internet. Le cliché s'intitulait : « Flingueur de droïdes hostiles ».

Le cerveau électronique de Molly procéda instantanément à une analyse du texte qui accompagnait l'image : « Projet : neutralisation d'engins explosifs ou d'armes ennemies activables à distance par l'émission intense de micro-ondes. »

Sur l'écran de l'ordinateur, la petite fille poussa un cri :

– Papa ! Papa ! Danger !

Samuel somnolait sur le matelas.

Il se retourna et n'eut que le temps de voir la silhouette du policier qui ressortait de la pièce. Aussitôt après, l'image se brouilla. Neige.

Plus de réception.

La grenade avait explosé.

56

Dans le square, sur un banc adossé à un muret, un vieil homme surveillait du coin de l'œil son petit-fils qui jouait avec ses copains de classe.

C'était la fin de l'après-midi, le soleil brillait. Le crâne du grand-père était lisse, sa barbe en bouc finement taillée et ses yeux d'un bleu intense ne permettaient pas de deviner son âge. Son corps était sec et étonnamment robuste pour un homme qui avait allègrement dépassé la soixantaine.

Depuis qu'il ne travaillait plus à l'abattoir et qu'il n'était plus obligé de supporter sa combinaison qui empestait les tripes et le sang, il appréciait de s'habiller avec soin. Au moment où il allait sortir le goûter, un mouvement l'intrigua dans le fond du parc. La silhouette d'un homme.

Quelque chose clochait.

Un dealer ?

Louis jouait à quelques dizaines de mètres. Le vieux ne quittait pas l'homme des yeux. C'est alors qu'un manouche surgit devant lui, cheveux gominés et lunettes de soleil.

– Alors, Matador, toujours vert ?

Ce miaulement de hyène…

Le vieux leva lentement la tête, mâchoire serrée :

– Comment m'as-tu retrouvé ?

– C'est à Tiego qu'il faudrait le demander.

– Je croyais qu'il était en prison pour longtemps.

– Et alors ? C'est toujours le boss, et il te demande un petit service : le Matador doit rempiler pour un dernier travail !

– Y'a plus de Matador, c'est terminé

– Tu as perdu la mémoire, papy ? Tu sais ce que tu dois à Tiego !

– Dégage, siffla le vieil homme d'une voix sèche et tranchante, tu m'entends ?

D'une main, le jeune empoigna le vieux par l'épaule. Celui-ci lui faucha les jambes d'un violent coup de pied et, au moment où le corps chutait dans la poussière, il bondit avant d'écraser la semelle de sa chaussure sur la gorge de l'effronté.

Sa vue se porta instinctivement vers le fond du square. Un inconnu s'était rapproché de Louis. Il le tenait par la main et le regardait d'un air narquois.

Alors celui qu'on surnommait Matador lâcha prise, et le manouche se redressa péniblement, hoquetant de rage :

– Tu... feras ce qu'on te dira, vieux débris, sinon ton môme...

Le soir, le vieux posa le livre de contes sur la table de chevet, près du cadre avec la photo de sa fille, puis il remonta la couette sur les épaules de Louis.

– Il est l'heure de dormir, bonhomme.

– Qui c'était, grand-père ?

– Qui ça ?

– Le méchant monsieur, au parc.

– Tu n'as rien à craindre de lui.

– Qu'est-ce qu'il voulait ?

– Je me suis disputé très fort avec lui, il y a longtemps. C'est du passé, dors maintenant... Je suis là, n'aie pas peur.

Dans le salon, la véranda était restée entrouverte. Indifférent au froid, il scrutait la nuit quand son portable vibra.

Ils ne te lâcheront pas.

Depuis cet après-midi, une berline inhabituelle stationnait en haut de la rue, avec probablement une fausse plaque.

Lui et Tiego, quelle histoire !

À l'origine, le hasard les avait placés dans le même abattoir, trimant au milieu des carcasses. Le vieux se chargeait d'étourdir les bovins et Tiego les éventrait. Les incidents étaient fréquents, les bagarres coutumières. Une nuit, en plein ramadan, ils s'étaient retrouvés à six seulement dans l'usine. Il flottait dans l'air un parfum de règlement de compte : le manouche était encerclé par quatre types. Même s'il était habitué au combat de rue, le nombre jouait en sa défaveur. Le sol était gluant de sang et aucune caméra ne témoignerait de la scène à venir. Une fois Tiego réduit en pièces, on pourrait mettre sa mort sur le compte d'un accident stupide.

Lui se tenait en retrait sur une plateforme. Sans réfléchir, il s'était emparé d'une lance servant à nettoyer les blocs de viande. Il avait aspergé les agresseurs d'un jet de vapeur brûlant. Dans la confusion, son « ami » avait chargé après avoir ramassé une lame tombée au sol. Deux types s'étaient écroulés en se tenant la gorge, un troisième avait perdu un œil. Le vieux avait fini d'ébouillanter le dernier des attaquants.

Tiego avait transporté les cadavres vers l'équarrissoir où ils avaient fini broyés dans une pâte à viande informe. L'enquête interne avait été expéditive, la direction ne souhaitant pas que les services de l'État mettent leur nez dans ses petites affaires. Tiego avait témoigné que les quatre ouvriers manquants ne s'étaient jamais présentés. L'abandon de poste n'était guère surprenant de la part de travailleurs sans papiers ni contrats. Le vieux avait confirmé la version.

Mais après cet incident, il avait décidé de raccrocher pour profiter de sa fille et de son petit-fils à peine né. Elle abusait de la cocaïne, et les services sociaux avaient menacé de lui retirer son enfant. Son gendre voulait lui interdire de s'occuper de Louis et avait tenté de l'intimider accompagné de deux comparses :

– Premier et dernier avertissement, lui avait-il asséné pendant que le vieux hurlait de douleur. C'est moi seul qui m'occupe de mon gosse et j'ai bien l'intention de le ramener dans sa vraie famille en Turquie.

Le grand-père s'était alors tourné vers Tiego. Quelques jours plus tard, le Turc disparaissait du paysage définitivement. Le « parrain » lui fit même des versements en liquide pour l'aider à s'occuper du petit Louis.

– C'est un prêté pour un rendu. Tu auras bien l'occasion de me remercier.

Ce soir, en fixant la nuit, l'ancien comprit que le moment de payer sa dette était venu…

Il composa le numéro que le manouche du square lui avait demandé d'appeler.

– Un homme et sa famille, précisa la voix au bout du fil

– Son nom ?

– Charolle.

– Une chose que je devrais savoir ?

– C'est un flic.

Le vieux alla tirer de son écrin de papier journal l'arme qui allait servir à éliminer la cible. Tout semblait en état de fonctionner : le canon était propre, les deux ressorts et le cordon d'armement à leur place. Le matador était un pistolet à broche perforante jaillissant d'un cylindre de fer par un procédé d'air comprimé. Il utilisait des cartouches de calibre 25 destiné aux bovins. Le procédé était simple, il pouvait s'en servir les yeux fermés. Il suffisait de placer une munition dans la culasse, de tirer le cordon d'armement et d'engager l'index sur le taquet de percussion. Le matador devait être positionné au-dessus du crâne de la victime.

Le vieux avait plusieurs fois offert ses services comme recouvreur de créances. Son matador faisait merveille pour délier les langues et rappeler les débiteurs à leurs obligations...

À l'étage, Louis dormait paisiblement.

S'occuper de cet enfant avait été la seule chose qu'il avait réussie. En retour, le petit lui montrait combien il est bon de sentir que l'on compte pour quelqu'un.

Une dernière commande avant de raccrocher les gants définitivement. Une famille à décimer...

Il n'en avait pas fini avec ses fantômes...

57

Les techniciens de l'ANSSI avaient conditionné le lot de webcams, l'alarme incendie et la cellule électronique du compteur électrique dans de grands sacs dont les parois étaient composées de polyester métallisé.

– Ils fonctionnent comme une cage de Faraday, expliqua un des agents. Une précaution supplémentaire.

– Le cauchemar est-il terminé ? demanda Ludivine.

La réponse fut donnée par René Neerdael :

– Toutes les « bombes logiques » disséminées dans le bâtiment ont été localisées et désactivées. Nous allons continuer de chercher, mais je crois que le pire est derrière nous.

La commissaire regardait le chantier autour d'elle. Des fils pendaient de partout.

Quand Isabelle quitta l'hôtel de police, elle vit une voiture aux vitres teintées s'arrêter à sa hauteur. Elle était immatriculée en banlieue parisienne.

Le chauffeur, habillé d'un costard sombre, en sortit et l'interpella :

– Capitaine Mayet, le commissaire Guérin veut vous parler. C'est urgent.

Elle ouvrit la portière côté passager et remarqua le pare-soleil « POLICE ».

Une voiture de fonction.

Rassurée, elle monta à bord. Le conducteur démarra en faisant crisser les pneus.

– Je suis contente que votre patron ait repris connaissance.

Il ne répondit pas. Il roulait à vive allure, concentré sur la route. À l'entrée de la rue de Strasbourg, le trafic était dense.

– Pardon, fit-il en se penchant vers Isabelle pour ouvrir la boîte à gants et s'emparer d'un gyrophare. Vous pouvez mettre ça sur le toit ?

Elle s'exécuta comme l'homme le lui demandait.

– Il veut absolument vous voir, je crois qu'il n'en a plus pour très longtemps.

Quelques minutes plus tard, elle se tenait à côté du lit où Guérin était allongé. Ses bras étaient recouverts de bandages, une partie de son visage gravement brûlée. Sous les épaisseurs de gaze, c'est à peine si on percevait le son de sa voix.

Elle vit une de ses mains trembler, elle la serra dans la sienne.

– Isabelle Mayet, je suis là, monsieur.

Elle s'était penchée pour lui parler.

Une légère réaction. Il crachota quelque chose :

– Vous… l'avez attrapé ?

Elle pinça les lèvres :

– Pas encore, mais ses bombes ne feront plus de mal.

Sa tête était immobile.

Ces blessures…

– Le projet SITOM…

– Oui, monsieur ?

– Je vais vous dire ce que c'est…

– Gardez vos forces, je suis au courant. Un programme militaire, une intelligence artificielle pour faire la guerre.

– Le module… le module…, répétait-il au prix d'un violent effort.

Dilatés par la douleur et la fièvre, ses yeux fixaient le plafond. Quelque chose l'effrayait.

– Celui qu'a volé Serret ?

Un hochement de tête.

Isabelle se pencha de nouveau vers son oreille :

– Il l'utilise pour faire revivre sa fille.

– Dé… trui… re…, hoqueta Guérin. Il ne sait que détruire… l'arrêter avant qu'il ne soit partout.

Elle dut encore se rapprocher de lui pour l'entendre à peine murmurer :

– Les *rootkits*... c'était juste le début. Solution existe... procédure d'urgence...

– Laquelle ?

– Tout stopper... au cas où elle s'échappe.

– Comment ?

– Déverrouiller la valise puis insérer une clef... tout éteindre. Dé... définitivement.

– Serret possède ce système avec lui ?

Guérin hocha la tête. Ses forces déclinaient incroyablement vite. Son collaborateur prit le relais :

– Le Serveur est dans une mallette blindée qu'il a dérobée après avoir éliminé Bolloche, dans son bureau.

Elle regarda le jeune homme :

– Cette valise, comment peut-on l'ouvrir ?

– Elle est verrouillée par un capteur d'empreinte digitale : il faut l'index de Bolloche ou... ça.

Guérin proféra un mot que seul son chauffeur comprit. Il confia alors à Isabelle un petit boîtier.

– C'est pour moi ?

Elle l'ouvrit. Une *GEME*.

– Je croyais que le COSSI n'en possédait qu'une ?

– C'est vrai, et votre collègue s'en est servi. Ce qu'ignorent Jacob et Neerdael, c'est que la DGSI s'en est aussi procuré un exemplaire, vous l'avez devant vous.

– L'ANSSI n'a jamais entendu parler du projet SITOM, n'est-ce pas ?

Le chauffeur secoua la tête :

– « Secret Défense ».

La *GEME* tenait dans la paume d'Isabelle. Lourde, mais plus petite que le modèle utilisé par Hugo. Elle se tourna vers Guérin. Le commissaire la regardait de l'œil qui restait valide. Il déglutit lentement avant de murmurer :

– Bolloche mort, son empreinte digitale aussi. Mais la grenade… elle réussira à atteindre le cerveau de l'ordinateur, à travers l'acier.

Elle lui manifesta un signe d'encouragement avant de prendre congé. L'image de cet homme si fier, désormais cloué sur un lit de douleur, lui serrait le cœur.

Le chauffeur vint la retrouver dans le couloir. Il referma doucement la porte de la chambre.

– Je m'appelle Rémi Tardy et je suis lieutenant de police.

Elle lui adressa un sourire las.

– Guérin souhaite que je vous montre quelque chose.

– De quoi s'agit-il ?

– Je vais tout vous expliquer. Allons à la cafétéria du CHU, il ne doit pas y avoir grand monde à cette heure-ci.

Tardy déposa sur leur table un plateau avec deux tasses de café. Ils se trouvaient à l'écart, près d'une plante. Une baie vitrée laissait entrer le soleil. C'était une belle journée d'hiver.

– Monsieur Guérin demande que vous lisiez un document rédigé il y a plusieurs années.

– Un rapport de la DGSI ?

– À l'époque, il s'agissait de la DST, mais qu'importe.

– Je ne suis pas habilitée…

– Nous le savons parfaitement ; mon patron en endosse toute la responsabilité. Il estime que vous devez être au courant de certains détails.

Elle porta la tasse à ses lèvres, attentive.

– Notre service a enquêté sur le vol de composants commis à *Netkortex* alors que la PJ de Versailles s'intéressait au meurtre du professeur Bolloche. On cherchait Samuel Serret depuis un bout de temps et c'est vous qui l'avez déterré, ici à Nantes. Je pense que vous pouvez légitimement jeter un coup d'œil là-dessus.

Le lieutenant fit glisser une note vers la jeune femme :

« Compte-rendu d'enquête
sur les fuites
liées au programme SITOM »

Un texte dense, estampillé « Confidentiel Défense ». Isabelle n'avait pas le droit de prendre de notes, juste celui d'ouvrir grand les yeux et de faire fonctionner sa mémoire.

Des détails, tout d'abord, sur l'assistant personnel de Bolloche. Une solution logicielle qui l'aidait à diminuer ses handicaps : voix de synthèse répondant aux ordres, intelligence artificielle permettant de converser, d'anticiper des besoins et de s'adapter aux changements. Des passages étaient soulignés dans le texte : « système vivant en auto-apprentissage, raccordable avec des objets connectés (appareils, périphériques, lumières), accès à distance à des caméras, des serrures électroniques (...), faculté de lire sur les lèvres, de reconnaître un visage... ».

Isabelle reprit une gorgée de café. Tardy regardait au loin, attendant qu'elle termine sa lecture.

Un paragraphe s'intéressait aux croyances de Bolloche dans le transhumanisme : il était convaincu qu'un jour, un ordinateur modéliserait intégralement la conscience d'une entité organique. Ses investigations dans ce domaine, fort éloignées de son travail au sein de *Netkortex,* avaient fini par attirer l'attention de Serret, un être fragile.

L'agonie de sa fille n'avait certainement rien arrangé.

La suite du rapport était plus intéressante encore. En dérobant les algorithmes et le smartphone qui contenait l'assistant virtuel de Bolloche, Serret s'était aussi emparé de tout un tas de briques logicielles (modules, codes...) liées à SITOM. La note finissait sur une hypothèse : si Serret avait besoin d'argent pour payer les soins de sa fille leucémique, il risquait de vendre les modules du SITOM à une puissance étrangère.

Isabelle reposa les feuillets.

Dans son esprit, les pièces du puzzle s'assemblaient. La DGSI s'était trompée. Serret était moins un espion qu'un père égaré par la douleur. En agrégeant des briques issues du SITOM avec l'assistant personnel de Bolloche, il avait créé non seulement un avatar de sa propre fille, mais une chose destinée à combattre dans le cyberespace.

Isabelle leva les yeux vers Tardy :

– Peut-être que Serret l'ignore lui-même.

– Pardon ?

– Je parlais en réfléchissant. Cette chose qu'il a engendrée et qui lui sert à attaquer des systèmes, peut-être qu'il ne la maîtrise pas vraiment. Elle possède les traits de sa fille, mais c'est une machine. Et s'il voulait la débrancher, se laisserait-elle faire ?

Tardy haussa les épaules :

– Guérin est persuadé que non. C'est pour ça qu'il vous a confié la grenade et que vous en savez désormais autant que nous sur SITOM.

Elle contempla sa tasse, de plus en plus songeuse :

– Il reste une question. Pourquoi Serret a-t-il éliminé les jumeaux ?

Tardy prit une seconde avant de répondre, la mine grave :

– Et si c'était la machine qui l'avait fait ? *Toute seule.*

58

Ludivine Rouhand venait à peine de s'entretenir avec le juge. Elle avait pris l'habitude, ces derniers jours, de passer les coups de fil les plus importants depuis sa voiture de service. Elle utilisait un téléphone ordinaire avec une carte à puce jetable ; l'ANSSI avait examiné l'appareil avant de donner son feu vert. Depuis son véhicule garé sur le parking d'une supérette, elle voyait les clients charger des sacs de course dans leur coffre. Elle songea à sa mère, elle avait besoin d'entendre sa voix.

Ses yeux fixaient le téléphone.

Tu l'appelleras de chez toi, ce soir. Tu auras le temps.

Le mobile se mit à sonner. Le Gall appelait depuis Rennes.

– Bonjour, monsieur le directeur.

– Bonjour, Ludivine. Alors, comment ça se passe chez vous ?

– Vous avez lu notre dernière synthèse ?

– Je viens de la parcourir.

– Nous poussons nos feux sur Serret qui demeure toujours introuvable, malheureusement.

– Je sais, et nous ne pourrons pas maintenir le plan Épervier indéfiniment. Les gendarmes jouent le jeu, mais la pression sur leurs effectifs est forte... Si nous n'avons rien de plus cette nuit, il faudra lever le dispositif demain matin.

– Je comprends, monsieur. Sachez par ailleurs que la PJ de Versailles m'a transmis le parcours de Serret, des bancs de l'école jusqu'aux bureaux d'étude de *Netkortex*.

– Et alors ?

– Un profil psychologique particulier : ses parents ont divorcé quand il avait dix ans, il est resté vivre chez son père. Sa scolarité est médiocre, mais il a découvert l'ordinateur au collège où il a appris à coder. Au lycée, c'était une tête de Turc. Il se vengeait à sa façon, plusieurs passages en conseil de discipline, deux expulsions.

– Qu'est-ce qu'il avait fait ?

– Il avait piraté des bécanes en laissant traîner des clefs USB infectées, des programmes malveillants qu'il dénichait sur internet. Avec les filles, il galérait. Celles qui l'éconduisaient trop sèchement s'en mordaient les doigts. Un PV précise que par deux fois, il a utilisé de faux profils pour les draguer sur la toile et les inciter à se déshabiller, avant de répandre leurs images sur les portables des petits copains. Il passera devant un juge, ce sera l'unique erreur de sa carrière.

– Vous oubliez la trace ADN du poil dans la clef confiée au major Metivier.

Cette remarque lui arracha un sourire.

– Serret est un homme discret. Même son ancienne compagne, Laurence Delrue, ignorait tout de ses activités. J'en suis persuadée.

– C'est cette infirmière qui est morte dans l'explosion au gaz ?

– Exactement. Vous voulez mon avis ? Serret a une fausse identité. On a consulté tous les fichiers possibles, à commencer par les URSSAF. Il n'est connu ni comme salarié ni comme chef d'entreprise. Laurence Delrue a parlé un moment avec un de mes hommes, venu lui rendre visite avant que Serret ne piège l'appartement. Selon elle, il travaillerait chez un fabricant de logiciels.

– Et alors ? demanda le Gall.

– La Chambre régionale de commerce nous a sorti une liste de trente-deux sociétés correspondant à ce type d'activité ; on a fait le tour des DRH au téléphone, en une matinée. Négatif !

– Vous avez appelé toutes les entreprises de la région ?

– Celles exerçant dans un rayon de cinquante kilomètres. Toujours chou blanc, monsieur.

– Alors, c'est qu'il est toujours à Nantes, caché avec des réserves.

– Un endroit où il peut brancher ses ordinateurs et où la connexion internet est bonne. Il utilise certainement le réseau WI-FI gratuit de la ville.

– Je lui fais confiance pour se rendre anonyme.

– Il y a surtout cette question qui me taraude.

– Laquelle, Ludivine ?

– Le mobile, bien sûr. Pourquoi liquider ces deux frères, quel intérêt ? Pour quel profit ? Serret n'a aucun lien avec *AI Climate*.

– Et autour de cette boîte, vous avez exploré toutes les pistes ?

– Si on écarte la veuve Pelland, le dernier actionnaire, c'est Delorme. J'ai demandé une enquête financière : sa banque et les services fiscaux n'ont rien relevé de suspect.

– Il faut persévérer, ne rien lâcher.

– Comptez sur moi, monsieur.

– On le doit au major Metivier et au commissaire Guérin…

Un silence au bout du fil.

– ... J'avais à ce propos une nouvelle à vous annoncer, Ludivine.

– Qu'y a-t-il ?

– La DGSI vient de m'appeler : Daniel Guérin est décédé des suites de ses blessures.

Le parking était désert. La jeune femme ne trouvait pas les mots.

59

Il était un peu plus de dix-neuf heures. Charolle venait de quitter le QG. Il était d'humeur maussade. Se remettre à la machine à écrire, à son âge, et à quelques jours de sa mutation, l'exaspérait. Bien vite, pourtant, lui revinrent à l'esprit le corps écrasé de Metivier et ce qu'on lui avait raconté du visage de Guérin, soufflé par l'explosion.

Tant qu'il sera en liberté, nous sommes tous vulnérables.

À la radio, on annonçait pour la nuit prochaine une chute spectaculaire des températures.

Charolle s'arrêta à une station-service et acheta un petit jerrycan de gasoil. Il songeait à Tony.

Il va geler à mort dans sa caisse.

Inutile de lui proposer une place dans un foyer ; abandonner sa voiture lui était impensable. Elle était tout ce qui lui restait.

J'aimerais que tu sois au chaud, quelque part. Mais je suis sûr que tu es garé sur un chemin de terre, en bordure de Loire.

Charolle alla examiner les abords de la déchetterie, ainsi que les ruelles alentour. Il jeta un coup d'œil sur le parking devant la gare de Chantenay, et dans une impasse où Tony stationnait souvent.

Rien.

Merde, tu en aurais eu besoin de ce jerrycan…

Sur la droite, le commandant aperçut la vieille fonderie. Il décida de se garer.

Samuel Serret est dans la nature, mais cet endroit est notre dernière piste.

Une lampe dans la boîte à gants, son arme bien calée dans son étui.

Dans la nuit glaciale, des lueurs fauves s'agitaient derrière des buissons.

Un camp de fortune ?

Des jappements et des voix. Peut-être des traînards. On en voyait de plus en plus dans le centre-ville, ces dernières années. Charolle progressait lentement au milieu des herbes.

À l'intérieur, il tomba sur une pancarte rouillée : « Installation sous tension : danger de mort ». Plus loin, des casques d'ouvriers, abandonnés sur le sol et, dans un angle, une décharge d'ordures investie par les rats.

La lumière de sa lampe en fit détaler quelques-uns.

Sur les quelques vitres encore intactes, à mi-hauteur, s'étalait un duvet de givre. De la buée s'échappait de ses lèvres.

L'inscription à la craie était encore là, indiquant un réseau sans fil ouvert.

Il y a forcément quelque chose...

Charolle gagna une mezzanine. Les marches étaient un peu branlantes. Il en testa la solidité du bout du pied avant de se risquer dessus.

Au loin, toujours des jappements.

Il déboucha sur une plateforme. Un bureau, peut-être celui de l'ancien contre-maître. Corbeille encore pleine de papiers, poussière et saletés à tout-va. Une belle vue sur les machines en contrebas. Idéal pour surveiller son monde.

Le faisceau de sa lampe glissait sur les meubles. C'est alors qu'il vit la grande armoire. Et d'évidence, quelque chose clochait : cadenas neuf et ouvert, empreintes de pas fraîches dans la poussière. Il écarta lentement la porte. Il n'y avait rien à l'intérieur. Juste les traces de l'emplacement d'une valise ou d'une caisse, restée là un moment...

Charolle ne pouvait plus en douter : la cachette de Samuel Serret.

C'est bien lui que Tony avait aperçu l'autre jour, sortant de l'usine.

60

Samuel ouvrit la mallette blindée. Elle contenait tout ce dont il avait besoin : le serveur, la brique mobile qui lui offrait du réseau, et ce qu'il s'était fait implanter chez un tatoueur peu regardant, rue de la Fosse. Une puce RFID, logée sur le dos de sa main. Elle contenait une clef de cryptage ainsi qu'un numéro de compte bancaire alimenté en bitcoins, récupérable directement sur le darknet. Une poire pour la soif, une réserve en cas de coup dur. La cavale en était un.

Dans un sac à dos, se trouvait le nécessaire pour prendre le large. Barbe postiche et fausses lunettes, vingt mille euros en coupures et de quoi vivre en autarcie pendant quelques mois.

La pièce n'était éclairée que par l'écran de l'ordinateur.

Molly était là, ça lui suffisait.

– Traces résiduelles ? demanda-t-il, en se préparant un sandwich.

– Négatif, fit la voix.

Ils avaient nettoyé leur fichu hôtel de police.

Plus malins que je l'aurais cru.

Après ce qu'il avait fait subir au commissaire, ils ne cesseraient jamais de le traquer.

Fuir, avec la petite. C'est tout ce qu'il te reste à faire. Tu as la valise, le code et la clef.

Dès le départ, il avait choisi de les planquer dans des cachettes différentes : la clef chez lui, la valise dans la fonderie, et la puce dans sa propre chair.

– Chérie, propose-moi une revue de presse.

– Quels items ?

– Fugitif, Serret, hacker, Nantes, barrages et police.

Il jeta un coup d'œil à l'écran.

Résultat : 20 documents. Classement par pertinence.

Article de *Presse Océan*, avec sa photo. Toujours la même :

Le pirate informatique responsable de la mort d'un commissaire de police toujours en fuite

Samuel Serret, le hacker suspecté à Nantes d'une cyberattaque contre un hôtel de police suivie d'une explosion tuant deux personnes dans un immeuble, est toujours en fuite, malgré l'activation mardi du plan Épervier. Ce plan qui avait mobilisé des moyens conséquents, a été levé mercredi matin ; les forces de police se sont lancées dans une enquête minutieuse pour retrouver le criminel présumé.

Il te faut une bagnole.

Samuel se tourna vers l'écran de l'ordinateur.

– Voiture connectée dans les parages ?

– Recherche en cours, papa.

Dix secondes plus tard.

– Rien.

– Lance une routine et recommence toutes les heures. Il y a un grand parking à côté, on ne sait jamais.

– Ok, papa chéri.

Samuel mangea son sandwich en silence. Ensuite, il s'allongea sur le matelas.

L'ordinateur se mit en veille.

61

La nuit était tombée depuis longtemps quand le flic vint se garer devant son pavillon. Le vieux vit qu'il correspondait à la description que Tiego lui avait faite.

Encore une heure ou deux.

Il songea à son petit-fils, il n'aimait pas le laisser seul.

Le matador se trouvait sur le siège à côté de lui, emballé dans un journal.

Charolle n'arrivait pas à s'endormir, des images tournaient dans son esprit. Les photos du corps écrasé de Jean-Michel Metivier, la façade béante de l'immeuble soufflé par l'explosion au gaz. Son épouse s'était levée pour aller aux toilettes, il fit de même. Quelques minutes plus tard, elle ronflait doucement. Dehors dans la nuit glacée, un chien aboyait.

Le vieux sortit de la voiture, repoussa doucement la portière et ferma le haut de son blouson. Bonnet sur la tête et mitaines tricotées, il traversa la rue déserte avant de s'arrêter devant le portail. Il avait entendu le clébard, lui aussi. Un petit roquet. Le matador au fond d'une des poches du blouson, il examina brièvement la grille avant de l'escalader avec peine.

Ta dernière virée, putain…

Il entra dans une courette. Devant lui, la masse sombre de la demeure. Pas de lumière aux fenêtres. Volets clos au rez-de-chaussée.

Les consignes de Tiego étaient claires.

Neutraliser le flic, lui péter un genou s'il le fallait, puis buter sa famille sous ses yeux avant d'achever le travail. Le boss voulait que tout soit enregistré : les hurlements du flic, à chaque fois que la broche transpercerait un crâne.

Du sadisme inutile, mais si tu n'exécutes pas les consignes, Louis sera en danger.

Il contourna la maison en silence et repéra une entrée secondaire dans le jardin, à l'arrière. Un coup d'œil sur la serrure, modèle ordinaire. La porte s'ouvrit dans un clang discret.

Le vieux pénétra dans une pièce faisant office de remise. Au fond, un escalier. Il s'engagea sur les marches s'arrêtant régulièrement, les sens aux aguets. Nul bruit dans la maison. Les chambres devaient se trouver à l'étage. Il entra dans un salon.

– Mains en l'air !

La voix avait claqué dans la demi-obscurité. Le vieux se figea. Sa main se glissa discrètement dans la poche qui contenait le matador.

– T'as pas de flingue.

Il se retourna. Dans la pièce, aucune autre silhouette.

– Il faut qu'on parle.

– Dégage de chez moi !

Il a peur, songea le vieux. Il regarda vers la droite.

Il est juste derrière le canapé. Deux mètres à peine.

Alors, avec une agilité surprenante, il s'élança en sortant son matador.

Au même instant, une corde chanta dans le noir. Sous la violence du choc, l'homme fut repoussé en arrière. Brûlure, douleur.

C'était quoi, putain !

Une chose longue et dure s'était fichée sous sa clavicule. Son bras se paralysa.

Au bout de la pièce, fébrile, Charolle encocha une nouvelle flèche.

– Tire-toi, je te dis !

Le vieux ramassa son arme et tourna les talons aussi vite qu'il put.

Le commandant n'avait ni la force ni les menottes requises pour le maîtriser, et il n'était pas certain que son agresseur ne possède pas une arme à feu. Aussi, il le suivit jusqu'à la porte d'entrée et le laissa sortir. Il vit distinctement sa silhouette s'enfuir à l'arrière de la maison, la pointe d'une flèche vissée dans son épaule.

Alors, il se rua sur le téléphone.

Faire venir des secours, protéger sa famille.

Son autre pensée fut pour Isabelle. Elle aussi était en danger.

62

Sortie de veille. Réactivation de la recherche.

Zonage.

Portée utile du scan : 200 mètres.

Nombre de véhicules concernés : 128.

Modèles équipés d'un système électronique embarqué : 14.

Recherche prioritaire sur critères prédéfinis : système de connexion relié à l'ordinateur de bord ; modem, WI-FI, Bluetooth pour les communications sans fil des terminaux mobiles ; RFID pour l'ouverture des portes ; écran multimédia tactile...

Véhicule trouvé : 1.

Pourcentage de réussite d'une prise de contrôle ?

Analyse en cours...

63

Les gyrophares de la brigade anti-criminalité projetaient des reflets bleus sur les carrosseries des voitures qui stationnaient dans la rue. Sa famille était à l'abri.

– À quoi ressemble votre agresseur, commandant ?

Le major qui interrogeait Charolle était en liaison avec les deux patrouilles qui circulaient dans l'agglomération.

– Petit et brun, type caucasien. Plutôt âgé. Il était vêtu d'un jean, d'un pull à col roulé noir et d'un blouson de même couleur.

– Une connaissance ?

– Je ne crois pas. Ah oui, il avait un matador dans la main.

– Comme arme ?

– Oui. Si je ne l'avais pas vu depuis la fenêtre des toilettes, enjamber la grille de la maison, Dieu sait ce qu'il nous aurait fait.

– Vous dites qu'il est blessé ?

– Une flèche dans l'épaule.

Regard circonspect du flic. Charolle ajouta :

– Un arc de compétition, une antiquité accrochée au mur. J'ai réagi par instinct.

– En ce cas, on aura besoin de vous auditionner rapidement, surtout si l'autre est esquinté. Vous connaissez la procédure.

– Bien sûr, mais dans l'immédiat il faut que je m'assure qu'une collègue va bien. Je n'arrive pas à la joindre au téléphone. On devrait bientôt le retrouver, un vieux embroché comme un poulet, ça ne passe pas inaperçu !

Au milieu de la nuit, la brume tombait et il sembla au vieil homme que le froid des ténèbres allait lui geler le cœur. Rassemblant ses dernières forces, il se dirigea vers le banc où il s'asseyait d'ordinaire quand son petit-fils jouait après l'école. Il avait retiré la flèche de son épaule, son teint était livide, sa chemise poisseuse de sang.

Le pharmacien de garde a déjà dû prévenir les flics dès que je me suis carapaté avec les pansements. Tenir jusqu'au point du jour. L'ouverture de l'école. Le voir une dernière fois !

Il était trop mal pour éprouver même de la tristesse.

Il remarqua des policiers en uniforme. Il tenta un demi-tour. Sa retraite était coupée par un homme pistolet au poing. C'était Charolle.

– Louis…, murmura le grand-père dans un semi-délire.

– Qui t'a donné mon adresse ? demanda le commandant.

Le vieil homme fit un pas de côté avant que son corps ne s'écroule. Charolle s'agenouilla près de lui. Il voyait son visage, d'une pâleur affreuse. Avant que ses yeux ne se révulsent, le vieux expira :

– M… Molly…

Charolle confia le vieil homme au major de la BAC.

Il ne pensait qu'à une seule chose : retrouver Isabelle.

Elle habite à dix minutes en voiture. Pourvu qu'un autre cinglé ne l'ait pas déjà agressée.

64

Capuche rabattue sur la tête, barbe de quelques jours et écharpe montante, Samuel était méconnaissable. Sous son bonnet, dans le récepteur glissé dans une oreille, la voix de Molly :

– Personne à l'entrée.

Il a dû partir pisser, c'est le moment…

Il traversa l'accueil de *Box Around* avant de piquer en direction du parking.

– La voiture est garée à huit cents mètres, précisa la voix artificielle.

Il ne tarda pas à la voir.

– Y a-t-il un angle mort entre les caméras ?

– Dix mètres sur la droite.

Un banc sous des tilleuls, en haut d'une butte qui séparait le parking d'une rue.

Parfait.

Samuel s'assit et fit glisser sur ses genoux le sac qu'il portait sur ses épaules. À l'intérieur, son ordinateur PC. Il avait installé un filtre en plastique sur l'écran pour en diminuer la luminosité.

Évite d'attirer l'attention d'une patrouille.

Pendant que la machine s'allumait, il songea à Tiego. C'est Molly qui avait retrouvé le numéro de téléphone d'un de ses complices. Une recherche de près d'une heure dans le darknet : on lui avait refourgué une liste de truands, piratée depuis l'ordinateur d'un flic des stups. Elle n'était pas très récente, mais coup de chance, le comparse n'avait pas changé de numéro. Molly s'était chargée de tout : recherche de l'information et paiement de la somme demandée, en bitcoins. Pourtant, il y avait une chose qu'elle ne savait pas encore faire toute seule : marchander.

Il cliqua sur une icône du bureau avant d'interpeller Molly sur la marche à suivre.

La voix infantile lui répondit :

– *Emergency Start System* en mode d'acquisition.

L'écran afficha le scan complet :

Ouverture de la portière : OK.

Identification du modèle de véhicule : OK.

Récupération sur internet de la fiche technique-constructeur : OK.

Mot de passe d'usine : récupéré.

Possibilité de démarrer le véhicule à partir de la prise diagnostic : 75 % de chance.

Samuel glissa son ordinateur allumé sous le bras avant de gagner la voiture.

Quelques minutes plus tard, le véhicule volé alla se ranger à l'arrière du bloc où Samuel vivait terré. Il l'avait choisi en fonction de la qualité du signal WI-FI, de la proximité de la fonderie et de la présence d'une porte avec barre anti-panique à l'arrière. Celle-ci donnait dans un coin discret du parking. Un angle mort, là aussi.

Le type à l'accueil ne pouvait voir la voiture masquée de la rue par une partie de l'édifice.

– La voie est libre, papa.

Samuel reprit le chemin de son box.

Près du matelas, il récupéra la valise blindée. Le lecteur biométrique se trouvait à côté de la poignée, protégé par un clapet. Il suffisait de le relever, puis de passer son doigt sur le dispositif pour activer le déverrouillage.

Cette fois-ci, il sortit par l'arrière du bâtiment.

Molly avait neutralisé l'alarme.

Il installa la valise dans le coffre et le referma.

Plus qu'un aller-retour avec le box, et on file, songea Samuel.

Il était temps de mettre définitivement les voiles.

65

Isabelle avait appris la mort de Guérin au téléphone. Elle avait cherché à joindre Rémi Tardy, mais sans succès. Il devait encaisser le coup.

Tu ressayeras plus tard.

En cette fin d'après-midi, assise dans son salon, elle triait encore les affaires de ses parents. L'horloge de son père sonna cinq heures. Le tic-tac berçait la cuisine depuis qu'elle avait relancé le mécanisme.

Elle s'était offert un voyage dans le temps, petit rappel des souvenirs perdus. Le son du balancier rythmait à nouveau les années de bonheur enfuies, quand elle et ses parents formaient encore une famille, avant que la séparation et la maladie ne viennent tout briser.

Elle leva les yeux vers la tour.

Tu ne peux pas la laisser là éternellement, elle prend trop de place.

Elle vint l'examiner de plus près. Elle n'était pas si lourde, mais il lui faudrait encore l'aide de Jérôme, pour la transférer dans le salon. La sortir du box à deux avait déjà été toute une aventure. Au-dessus de l'aiguille des heures se trouvait un cadran représentant les phases de la lune. La caisse était couverte de motifs sculptés, ses doigts couraient dessus. C'était la première fois qu'elle prenait le temps de les examiner. D'ordinaire, elle les devinait de loin, assise de l'autre côté de la table familiale.

Sous ses yeux, une scène de chasse antique. Un cerf aux abois et des hommes en armes. Chiens et chevaux. Un canasson avait une tête anormalement grosse ; elle appuya dessus avec son index. Un léger déclic se fit entendre.

Le cadran a bougé !

Quelque chose se trouvait là. Elle glissa une main derrière.

Ses doigts se refermèrent sur un lot d'enveloppes délicatement entourées d'une ficelle. Des lettres anciennes, papier aux bords jaunis et encre pâle. Toutes étaient adressées à Henri Mayet. Elle se dirigea lentement vers la table de la cuisine.

Une cinquante au moins, classées par ordre chronologique : les plus récentes sur le dessus de la pile, les plus anciennes en dessous. Toutes étaient signées « Anne-Marie ».

Des mots d'amour. Qui est cette femme ?

Elle se pencha sur les premières.

Les années 60... Je n'étais même pas née.

Coup d'œil sur la dernière. Dans une enveloppe vierge, un article de presse consacré à un accident ferroviaire : le déraillement du train de nuit Paris-Vintimille à Saint-Rémy, le 25 décembre 1975. Bilan : 4 morts et plusieurs dizaines de blessés. Derrière, une annonce. La lettre précédente datait de novembre 1975. Des phrases prises au vol, des mots qu'Anne-Marie avait couchés sur le papier : « *Les années filent, je t'aime comme au premier jour* » *(...)* « *Je suis si heureuse de ce week-end passé en ta compagnie ; en toi tout me manque, tes mots et tes caresses, ton odeur et ta tendresse (...) L'autre jour, Marius a bougé dans mon ventre dès qu'il a entendu le son de ta voix, c'était celle de son papa, il le savait* ».

Isabelle lâcha la lettre.

Un bébé !

Elle inclina son visage, envahie par une émotion rétrospective.

En lisant le reste des messages, elle remontait le fil de cette histoire. Une liaison étalée sur des années qui avait débuté avant qu'Henri et Claire ne se rencontrent, et s'était brutalement achevée une nuit précédant Noël.

Elle reprit l'article de presse. Une question la tenaillait. Anne-Marie se trouvait-elle parmi les victimes du train ? Et le bébé ? Avait-il succombé dans le ventre de sa mère ?

Autant d'interrogations qui resteraient probablement sans réponse.

Les idées se bousculaient dans sa tête. Elle avait toujours su que sa naissance avait été accidentelle : ses parents se connaissaient à peine, une passade. À l'époque, bien sûr, les accouchements hors mariage étaient inenvisageables. Claire s'était fait une raison et Henri avait dû plier.

Elle posa à nouveau ses yeux sur l'article. Une douleur lui fouaillait le ventre.

C'était elle, la femme de sa vie. Son fils aurait dû s'appeler Marius…

Elle comprenait maintenant pourquoi son père avait tenu à conserver cette pendule et ses secrets durant toutes ces années. Il gardait les lettres près de lui, dans leur cachette. Son bureau avait toujours été un sanctuaire dont l'accès était interdit à quiconque. Après le divorce, l'horloge avait suivi Henri et, après sa mort, sa mère l'avait récupérée, supposant qu'elle valait quelque chose. Puis, la maladie s'était invitée et Claire avait eu ses propres soucis à gérer.

Isabelle repensa au dépôt-meuble.

D'autres secrets qui attendent d'être trouvés ?

Ne t'ont-ils jamais aimée ? Faisaient-ils semblant quand ils te serraient dans leurs bras ? Et quand Henri te berçait, songeait-il à Marius ?

Elle devait en savoir plus. Isabelle se leva et alla jeter un coup d'œil dans la rue.

Le dispositif de sécurité devant sa maison s'était allégé ; la photo de Serret circulait partout, il était bien peu probable qu'il prenne le risque de sortir au grand jour pour la traquer. Une patrouille ne passait plus que deux ou trois fois le soir.

Isabelle se dirigea vers la penderie et saisit le coffret sécurisé qui contenait son arme. Sentant le poids rassurant du Glock contre sa taille, elle attrapa son manteau et sortit dans la nuit glaciale.

66

Quand elle se gara sur le parking de *Box Around*, il était presque vingt-deux heures. Elle claqua la portière de sa voiture et se dirigea d'un pas rapide vers l'accueil ; il restait ouvert toute la nuit. Un des responsables lui fit signe derrière le comptoir, il n'allait pas tarder à partir. Elle présenta sa carte et l'homme décrocha une clef dans son dos.

Au-dessus, une caméra discrète.

Des clients de tous milieux et de tous genres utilisaient les services de *Box Around*. Voir quelqu'un débouler en pleine nuit pour accéder à un box était pour le gérant une chose très banale. Il ne posait jamais de questions, les locataires étaient ici chez eux.

L'objectif pivota lentement sur son axe. Le visage de la jeune femme était dans sa ligne de mire.

Détection et reconnaissance de visage : positif.

Samuel tournait le dos à l'écran.

– Papa, regarde-moi !

Il se retourna et la vit aussitôt.

Elle était là, en gros plan. Elle bavardait avec le type de l'accueil.

Que vient-elle faire, en pleine nuit ?

– Montre-moi le parking extérieur.

Quelques voitures, vides. Pas de gyrophares ni de camionnettes suspectes.

– Ne la lâche pas.

– Oui, papa.

Samuel fixait le moniteur, songeur.

La caisse t'attend. Un étage à descendre, un couloir sur la droite et la porte d'évacuation incendie. Molly a neutralisé l'alarme. Tu pourras t'envoler en toute discrétion…

Et si tu la croises ?

Patiente le temps qu'elle se tire. Ne prends pas de risques.

Isabelle ressortit de son box une heure plus tard. Un peu de poussière s'était accrochée à ses cheveux. Pas de nouvelles révélations sur Henri. Dernière trouvaille, sa vieille collection de comics « Captain Future », et des breloques de son ancienne vie, avant qu'il ne finisse reclus dans une piaule lyonnaise. Elle se demandait à qui il pouvait bien songer chaque soir, quand la lumière s'éteignait et qu'il se retrouvait seul dans le noir. À elle, sa fille ou à cet enfant mort dans le ventre de sa mère, lors de ce terrible accident ferroviaire ?

Pour Isabelle, une partie de sa vie menaçait de s'écrouler. Douter ainsi de l'amour de son père était vertigineux mais, pour le moment, elle préféra chasser ces réflexions de son esprit.

En rejoignant le hall, elle posa la clef du box sur le comptoir. Le gérant venait d'enfiler son manteau :

– Si vous repassez plus tard dans la soirée, utilisez le code pour déverrouiller la porte d'entrée. Je pars.

Elle opina du menton.

Il lui tint la porte et elle sortit sur le parking. Une seule voiture, la sienne. La température avait brutalement chuté. Du givre recouvrait déjà le pare-brise. Au loin, son regard embrassait les réverbères et la forme noire de l'ancienne manufacture.

La fonderie.

Dans son esprit, le puzzle se mit soudainement en place : la clef USB, le dessin à la craie et l'adresse de *Box Around*.

Au cœur du triangle !

Elle revint vers le gérant qui s'apprêtait à activer la fermeture électronique de la porte.

– Un instant, s'il vous plaît.

Il la regarda, surpris.

– J'aimerais vous montrer une photo, mais il gèle dehors.

Il ronchonna jusqu'à ce qu'elle lui présente sa carte de police :

– Brigade criminelle.

Sur le comptoir, elle déplia l'avis de recherche où figurait la photo de Serret.

– Est-il un de vos clients ?

Le gérant pâlit.

– C'est ce type que tout le monde traque !

– Répondez à la question, est-il ici oui ou non ?

Sa main droite glissa doucement vers la crosse de son arme.

– Ce regard me dit quelque chose. Il faut que je consulte mon ordinateur ; quatre cents boxes étaient loués ce matin, ça fait du monde. Je n'ai pas tous les noms en tête.

Il tapa le mot de passe requis pour déverrouiller l'écran de sa machine.

Elle le vit qui essayait à plusieurs reprises. Échec.

– Un problème ?

– Je ne comprends pas, l'ordinateur ne reconnaît plus mon code.

– Vous l'avez peut-être oublié ?

L'homme était contrarié.

– Impossible, c'est la date de naissance de mon fils suivi du nom de mon chien.

Isabelle considéra la pièce autour d'elle. Un mauvais pressentiment l'envahissait.

– Vous avez constaté des choses insolites, dernièrement ? Problèmes informatiques, pannes de courant...

– Quelques petits soucis, en effet.

– À part nous, à cette heure-ci, il y a encore des gens ici ?

– Suffit de contrôler le panneau des clefs.

Il se retourna pour examiner le support derrière lui.

– Il ne reste qu'une personne.

– Où ça ?

– Box 127, c'est au premier étage. Notre espace premium.

– Qu'est-ce que ça veut dire ?

– Ce sont des boxes équipés de facilités.

– Genre prises électriques ?

– En effet.

– Qui loue ce box ?

– Sans mon ordinateur je ne peux... attendez, nous demandons une pièce d'identité avant chaque location, je vais regarder le dossier 127.

Il se dirigea vers le bureau. Isabelle se tenait près du comptoir, aux aguets. L'homme revint avec une chemise. Sa mine était songeuse. Elle examina la photocopie : « Samuel Nicolelis », un passeport brésilien.

– Vous avez un téléphone ?

– Oui, bien sûr.

– Alors, sortez immédiatement et composez le 17. Demandez du renfort et dites…

Soudain, il se produisit un claquement sec. Plus de lumière.

Aussitôt après, un bruit plus sourd encore. Elle sentit son cœur se serrer.

Merde… la caméra au-dessus du comptoir. Il a tout vu, et peut-être même tout entendu.

– Barrez-vous !

– Impossible, la porte est blindée ! Un système anti-intrusion…

Elle criait dans le noir :

– Et votre passe ?

– Sans le courant, je ne peux rien faire !

Isabelle luttait contre une peur panique.

Réfléchis, réfléchis !

– Que se passe-t-il ? C'est lui qui a fait ça ?

Non, « elle ».

– Prenez votre smartphone et retirez la batterie, tout de suite !

– Pour quoi faire ?

– Faites ce que je vous dis, si vous voulez vivre !

Il s'exécuta et elle l'imita.

– Maintenant, jetez-le loin de vous.

Un bruit de plastique qui se fracasse au sol.

– C'est quoi votre prénom ?
– Olivier.
– Bien, vous voulez vous tirer de ce guêpier, Olivier ?
– Oui…, souffla-t-il d'une voix geignarde.
– Alors, vous allez faire exactement ce que je vous dis, d'accord ?
– D'accord.
– Ce bâtiment, vous devez le connaître dans les moindres recoins ?
– Je crois.
– Alors, écoutez-moi : tous les objets autour de nous peuvent être dangereux s'ils sont reliés à internet. Celui qui vient de tout éteindre en a peut-être même déjà pris le contrôle.
– Mais comment ?
– Ne discutez pas ! siffla-t-elle.
Le silence.
– Il y a des micros dans la pièce ?
– Non.
Elle songeait à son sac à main resté sur le comptoir.
La grenade est dedans, il te la faut.

67

Les données s'affichaient sur le terminal de Molly.

Portes verrouillées, courant de secteur coupé.

Basculement sur batterie autonome.

– Durée ? demanda Samuel.

– Une heure.

Il examinait l'écran de l'ordinateur. Un carré noir avec deux formes qui se détachaient dans l'infrarouge.

– Ils ne sont que deux et ils ne peuvent pas sortir.

– État du réseau téléphonique ?

– Neutralisé.

– Une suggestion pour contrer la menace ?

Le visage de Molly apparut. Il souriait toujours.

– Électrocution.

Samuel hocha la tête.

– Modalités ?

– Piratage du détecteur incendie et déclenchement du brouillard d'eau.

– Antivirus présent sur le capteur ?

– Néant.

– Détail de l'attaque ?

– Intrusion d'un *rootkit* dans le détecteur incendie. Conséquence : blocage de la sirène et de l'alerte à distance. Détournement du circuit électrique en interférant le générateur connecté. Surcharge et propagation du courant à travers le sol humide.

– Parfait.

Molly n'ajouta rien.

Isabelle s'était rapprochée du gérant.

– Olivier, comment peut-on ouvrir la porte de sortie ?

– Sans électricité c'est impossible. *Box Around* n'héberge pas que des boxes pour les particuliers, nous avons aussi un espace dédié aux entreprises du numérique.

– Des serveurs ?

– Pour accueillir ce type d'équipement, nous avons dû nous plier à des normes de sécurité strictes. Le blindage de la porte faisait partie du cahier des charges.

– Le box loué par Serret, il est situé à proximité ?

– Oui.

– Vous allez m'y conduire.

– Quoi ? Attendez un peu, je ne suis pas flic, moi et…

Elle lui agrippa le bras.

– Je suis armée et je passe devant, vous n'avez rien à craindre

– Pas question.

Elle prit un ton autoritaire :

– Sans vous je n'arriverai pas à me repérer.

– Il existe des boîtiers autonomes d'éclairage de secours, à chaque étage.

– On peut les contrôler à distance ?

– Non, ils fonctionnent avec des batteries d'accumulateurs.

Elle regarda autour d'elle.

– Le local de service électrique, où se trouve-t-il ?

– Au premier.

Il venait à peine de finir sa phrase qu'un grondement se fit entendre.

Du plafond, des gicleurs crachaient des litres d'eau. Ils furent proprement douchés. Isabelle poussa un petit cri d'effroi. Elle devinait la suite.

Il va ouvrir les fenêtres en hauteur et laisser le froid de la nuit nous geler à mort !

– Ce type est cinglé, mais comment s'y prend-il ? cria le gérant.

– Ne vous éloignez pas, nous devons rester ensemble !

Le comptoir était à deux pas. Elle se mit à genou et essaya de ramper dans le noir.

Il devait déjà y avoir près d'un centimètre d'eau.

– Il y a une porte de secours, au rez-de-chaussée.

L'homme criait pour se faire entendre sous le déluge.

Elle ne songeait qu'à son sac à main, sur le comptoir.

Pourtant, en entendant Olivier piétiner dans la flotte, une image la saisit : l'appartement de Laurence Delrue, piégé par le gaz.

– Montez sur quelque chose, ne restez pas à terre !

Disant cela, elle se jeta littéralement en avant, jouant à quitte ou double.

La caméra équipée d'un capteur thermique vit une des formes essayer de monter sur un meuble. Elle fonctionnait sur un réseau filaire distinct de celui qui éclairait la pièce.

– Une cible quitte le sol, lança Molly.

– Maintenant ! cria Samuel.

Au moment où Isabelle percutait le comptoir dans le noir, elle réussit dans son élan à s'y hisser, maintenant ses pieds hors du contact de l'eau. À cet instant précis, la lumière revint occasionnant une surcharge à l'intérieur du générateur. Au niveau de l'accueil, une gerbe électrique illumina la pièce avant qu'une grappe de fils ne s'effondre du plafond. En touchant le sol humide, le courant se propagea instantanément et l'employé fut tétanisé. Des convulsions parcouraient son corps tandis qu'il criait de douleur.

Juchée sur le comptoir en aggloméré, Isabelle voyait la silhouette du jeune homme qui s'agitait dans le flamboiement du courant.

Alors, il se produisit un autre bruit.

Le réseau électrique venait de disjoncter.

68

Elle resta étendue sur le comptoir, comme rescapée sur un radeau. Le système incendie s'était arrêté. Elle devinait la présence de l'eau autour d'elle, et l'odeur de brûlé que dégageait le corps de l'homme, quelque part dans l'obscurité. Elle mordit son poing pour ne pas perdre les pédales.

Une pensée tournait en boucle dans sa tête.

Tu es vivante ! Vivante !

En palpant la surface de la table, elle réussit à atteindre l'anse de son sac. Une seconde plus tard, elle s'emparait de la *GEME*. Elle la fourra dans une des poches de sa veste.

Elle leva les yeux vers la caméra de surveillance. La diode lumineuse était éteinte.

HS ?

Isabelle tendit une main vers l'arrière du comptoir. Un téléphone devait s'y trouver. En décrochant le combiné, elle remarqua l'absence de tonalité.

Elle était seule, dans le noir. Des larmes coulèrent le long de ses joues.

Je ne veux pas mourir, pas comme ça.

Elle sentit la crosse de son arme rangée dans son étui et la grenade à impulsion pesait dans sa poche.

Je ne me laisserai pas griller comme ce pauvre type. Je vais buter cette saloperie de machine. On va voir qui est le plus fort.

Au même moment, Samuel se levait de sa chaise.

– On part maintenant. Déconnexion totale du système.

– Migration dans le serveur mobile ?

– Oui, ma chérie. Efface aussi tes traces.

– Énergie de secours insuffisante pour procéder au formatage.

Serret resta interdit devant la machine.

– Je vais m'en occuper.

Il sortit dans le couloir où la pénombre régnait. Les rares sources de lumière provenaient des boîtiers d'éclairage de secours. Samuel marcha vers une armoire technique qui n'était pas fermée à clef. Il l'ouvrit et décrocha, au-dessus d'un extincteur, une hache de sécurité incendie. De retour dans le box, il s'approcha de l'ordinateur.

Sur l'écran, une barre des tâches indiquait :

Taux de transfert : 100 %.

Elle était partie.

Alors, il leva le manche et brisa le moniteur d'un seul geste. Il s'attaqua ensuite à l'unité centrale qu'il réduisit en pièces. La carte mère et le disque dur furent transformés en confettis.

Des bruits sourds parvenaient jusqu'à Isabelle.

Que se passe-t-il ?

Il lui avait fallu un moment avant d'oser descendre du comptoir et poser ses chaussures dans l'eau.

La foudre ne frappe jamais deux fois au même endroit... et puis, tout a disjoncté. C'est terminé. Plus rien ne fonctionne.

Au fond d'elle, pourtant, une petite voix lui susurrait : *Tu en es bien certaine ?*

Elle jeta un bref regard sur le corps du réceptionniste.

Cette odeur de brûlé...

Elle avait vu suffisamment de cadavres pour savoir que celui-ci allait s'ajouter à la liste.

Sur la droite, une volée de marches. Accès vers l'étage. Perçant les ténèbres, les halos verdâtres et tremblotants des panneaux d'évacuation. Elle voyait à peine où elle mettait les pieds. Son pistolet dans les mains, elle progressait lentement, canon pointé vers l'avant.

Elle déboucha dans un couloir. À quelques dizaines de mètres, une porte de box ouverte.

Numéro 127, je parie.

Le son devint plus distinct. Des coups de masse ?

À l'étage, Isabelle pataugeait toujours dans l'eau.

Elle progressait avec prudence, les poignets rivés sur la crosse du Glock. Coudes contre les côtes, elle était prête à tirer à la moindre occasion.

Tu sais de quoi il est capable. Déjà six morts. Et combien d'autres, si cette foutue intelligence artificielle s'échappe dans l'atmosphère ?

C'est alors qu'il surgit. Une silhouette de cauchemar, comme dans les mauvais films de série B. Une hache dans les mains, la forme se tenait droite, au milieu du couloir.

Il venait de l'apercevoir.

Isabelle voulut crier une injonction, mais se trouva incapable de proférer le moindre son. Elle s'arrêta à une vingtaine de mètres.

En mémoire lui revinrent les conseils de son instructeur, à Cannes-Écluse.

« Face à un individu déterminé et porteur d'une arme blanche, votre pistolet n'est utile qu'au-delà d'une distance de sept mètres. En deçà, le forcené sera sur vous avant que vous n'ayez eu le temps de dégainer et de faire feu. »

Sauf que je t'ai droit dans ma ligne de mire... Et je n'hésiterai pas.

Malgré la faible lumière, elle l'avait tout de suite reconnu.

Tu t'es laissé pousser la barbe...

Une énergie insoupçonnée la traversa.

– Police nationale ! Jetez votre arme !

Il ne bougea pas.

– C'est fini, Samuel.

Il ne répondit pas.

– Lâchez cette hache et mettez-vous à genoux, mains sur la tête.

Il resta immobile.

Elle s'approcha un peu plus.

Quinze mètres. Doucement...

Samuel poussa un rugissement avant de tourner les talons et de foncer vers le bout du couloir.

Il attaqua une fenêtre à coup de hache, faisant voler la vitre en éclats. Puis, sans hésiter, il enjamba le chambranle et se laissa tomber d'un étage, directement sur le toit de la berline qu'il avait garée juste en dessous. Il chuta lourdement et poussa un cri de douleur en touchant le sol.

Isabelle atteignit la fenêtre. Elle le vit qui s'engouffrait à l'intérieur de la voiture.

Haletant, Samuel rebrancha son portable sur la prise diagnostic du véhicule. Le visage de Molly était là.

– Démarrage !

Un ronflement de moteur.

Que faire ?

La bagnole du fuyard s'élança dans un crissement de pneus.

69

Elle fit feu au jugé dans la roue arrière. Un tir groupé d'une dizaine de balles. Deux atteignirent leur but.

Le bolide traversa le parking en rugissant. Sous la poussée du moteur, le bandage de la roue se déchira brutalement et le véhicule fit une violente embardée sur la gauche en gagnant la chaussée. Il effectua alors un tête à queue avant de s'immobiliser.

Isabelle remarqua du sang sur les éclats de verre qui encadraient la fenêtre brisée. Elle donna plusieurs coups de pieds pour finir d'arracher les tessons et libérer le passage. Elle sauta à son tour en se laissant tomber le long de la façade.

Elle rangea son arme dans son étui et se mit à courir vers la voiture, à perdre haleine.

Samuel écrasa la pédale d'accélérateur et le véhicule rua en direction du centre-ville. Il roulait sur la jante et des étincelles commençaient à jaillir.

Dans un état second, il sentait le sang qui coulait sous sa chemise et ses yeux exorbités regardaient de tous côtés.

Isabelle courait toujours.

Ne pas lâcher, si près du but.

Sa pratique du jogging et ses chaussures d'un modèle sport lui permettaient de tenir la distance. Elle géra son souffle et atteignit bientôt le bas de la butte Sainte-Anne, quai du Marquis-d'Aiguillon. De l'autre côté, la Loire et, sur sa gauche, la berline abandonnée au milieu de la chaussée déserte.

Elle jeta un rapide coup d'œil. Coffre ouvert, du sang sur le volant et sur le siège conducteur.

Profitant d'un réverbère, elle remarqua aussi des taches au bas de l'escalier.

Tout en haut, sainte Anne semblait la bénir.

Cent marches... tous les joggeurs de Nantes connaissent ce passage. Samuel est blessé, il a dû laisser des forces dans la grimpette. Tu vas l'avoir !

Isabelle se lança à l'assaut de l'escalier. Au pied de la statue, une traînée sanglante et des empreintes de semelles qui se dirigeaient vers la place des Garennes.

Derrière la jeune femme, l'horizon dévoilait les premières lueurs de l'aurore.

Isabelle essaya de repérer le fuyard. En vain… Alors, elle longea une façade d'immeuble et retrouva, presque par hasard, d'autres traces rougeâtres. Sur la droite, une porte entrouverte. Un des locataires avait peut-être négligé de claquer la porte derrière lui. Samuel l'avait précédée, ses blessures trahissaient désormais le moindre de ses pas.

En atteignant le toit de l'immeuble, l'homme tomba à genoux et vomit un mélange de bile et de sang. Il s'était déchiré la peau en sautant de la fenêtre et un bout de verre s'était planté dans sa chute, le perçant comme un poignard. La nausée l'envahissait. Il traînait la valise en titubant et son sac lui pesait comme un âne mort.

Affalé au milieu du toit, il sortit de son portefeuille un gant de chirurgien dont l'index reproduisait celui du professeur Bolloche. Déjouer le capteur numérique n'avait pas été si difficile. Le reste avait été l'affaire d'une bonne imprimante et d'une fine couche de cellulose.

Une fois la valise ouverte, il approcha la puce nichée sur sa main et déverrouilla le panneau de commande. Sur l'écran, large comme celui d'une tablette, le visage de sa fille apparut.

Il caressa l'image avec son index.

– C'est le moment de nous dire au revoir, ma cocotte.

Pas de réponse.

Il repéra l'emplacement pour la clef de réinitialisation. Un demi-tour sur la droite pour libérer le système ou un autre sur la gauche, pour tout arrêter.

Il faut du réseau pour qu'elle puisse s'en aller.

Il appuya sur un bouton.

– Consignes ? fit la voix synthétique.

Samuel avait de plus en plus de mal à parler. Il reprit son souffle. La sueur inondait son front et la blessure à son côté droit lui donnait des haut-le-cœur.

– Guerre totale, contamination de tous les systèmes. Destruction et duplication.

– Temps requis avant déclenchement ?

– Immédiat.

Une pause.

– 7 minutes et 25 secondes.

– Que se passe-t-il ? Diagnostic !

– Réseau sans fil urbain inexistant. Anomalie…

Samuel jura.

Il s'agenouilla, fit glisser son sac à dos et ouvrit la fermeture Éclair pour en extirper un rectangle de plastique noir, le routeur portatif. Il le brancha au serveur de la valise au moyen d'un câble. Ensuite, il déplia les antennes.

– Bulle tactique opérationnelle. Réseau OK.

Samuel mit un moment pour déglutir. Il mourait de soif et sa voix était très faible.

– Temps requis pour déclenchement ?

– Vingt secondes.

Il hocha la tête.

– Sauve-toi, mon bébé.

Son doigt se tendit vers la touche d'activation.

À cet instant, son attention fut attirée par quelque chose qui tombait du ciel. Il leva brièvement les yeux et entendit le bruit sourd d'une explosion sans en comprendre l'origine.

70

Stupéfait, Samuel scruta l'écran de la valise. Il était tout noir.

Nooon !

Derrière, la voix d'Isabelle :

– Mains dans le dos !

Il se retourna, le regard fou.

Il aurait voulu la fendre d'un coup de hache, mais il était désarmé.

La capitaine le tenait en joue.

– Tout est fini. Impulsion électromagnétique, précisa-t-elle.

– Ma petite Molly, murmura-t-il.

– Il n'y a jamais eu de Molly, c'est un fichu programme. Vous avez besoin de soins.

Dans le dos de Serret, l'écran de la valise n'était plus noir. Un fond blanc le remplaçait. Une seconde plus tard, le visage de la fillette réapparut, souriant.

Perturbations électromagnétiques enregistrées.

État du système : OK.

Isabelle n'en croyait pas ses yeux.

Samuel n'était pas le moins surpris.

Il songea : *Bolloche a dû protéger la valise d'une couverture étanche aux ondes. Une putain de cage de Faraday ! Voilà pourquoi Molly ne pouvait pas se connecter au réseau WI-FI, tout à l'heure.*

Samuel se redressa lentement, bras levés au ciel. Son regard étincelait de haine.

Isabelle fit un pas, et il cria alors avec ses dernières forces :

– Maintenant !

Sur l'écran, une barre des tâches apparut.

Initialisation

Les yeux d'Isabelle s'écarquillèrent de terreur.

Processus en cours : 20 %

Malgré son visage livide et sa chemise poisseuse de sang, Samuel faisait barrage.

Elle remarqua la clef qui pendait à son cou. Les mots de Guérin lui revinrent en mémoire : « L'insérer pour tout éteindre, définitivement ».

Elle se rua sur lui et ils s'agrippèrent dans un violent corps à corps.

Processus en cours : 42 %

Elle sentit les doigts de Serret se refermer sur sa gorge. Le stress, le froid occasionné par ses vêtements trempés et sa course folle depuis *Box Around* avaient épuisé une partie de ses forces. Le hacker avait le dessus.

Agenouillé sur elle, il serrait vigoureusement.

Processus en cours : 69 %

Un coup de feu.

Le son carambola au-dessus de la Loire.

Samuel bascula sur le côté, touché à l'épaule.

Au bord de l'évanouissement, Isabelle trouva la ressource de se traîner vers le corps de Serret. Ses doigts arrachèrent la clef à son cou. Elle rampa vers l'ordinateur.

Processus en cours : 85 %

Charolle venait de la rejoindre, soufflant à perde haleine.

Elle hurla pour qu'il l'aide à se relever et elle plongea sur la valise.

Processus en cours : 95 %

Introduire cette putain de clef !

Un demi-tour vers la gauche.

Un bip stridulant lui déchira les oreilles.

À ce moment, Serret releva lentement la tête. Son regard plongea dans celui de Molly.

L'image tremblota, puis se déforma comme si elle grimaçait de souffrance.

– PAPAAA !

Écran noir.

71

Odeurs de pansement et d'antiseptique. Un bruit de chariot qui roule dans un couloir. Des rires de femmes, lointains.

Isabelle se réveillait dans une chambre d'hôpital. Jérôme somnolait à côté d'elle. Charolle était assis sur une chaise.

– Tiens, la marmotte refait surface, dit-il avec douceur.

Elle sentit que son ami se redressait ; il serra fortement sa main, puis se pencha pour l'embrasser sur le front.

– J'ai eu si peur, ma chérie.

Elle lui rendit son baiser.

– Qu'est-ce que je fais là ?

– Tu dors depuis ce matin, il est quinze heures. Tu étais épuisée.

Charolle se rapprocha du lit en tirant sa chaise :

– Les pompiers ont parlé d'une forte hypothermie : tes vêtements étaient trempés et il gelait à pierre fendre, la nuit dernière.

– Et Serret ?

– Il a été hospitalisé lui aussi, mais dans une unité psychiatrique. Quand les collègues lui ont passé les pinces, il tenait des propos incohérents. Aux dernières nouvelles, il déraille toujours. Peut-être qu'il a lâché définitivement la rampe.

Isabelle examina la chambre, encore surprise d'être là.

– Il… il n'arrêtait pas de répéter qu'on avait tué sa fille.

– Tu veux dire « Molly », le programme sauvegardé dans la valise. Il était prêt à la libérer. Tu imagines le chaos s'il y était parvenu ?

Elle ne répondit pas. Un léger tremblement agitait ses lèvres.

Charolle prit une voix douce :

– Tu as fait le bon choix, Isa.

Impossible de sourire. Le dernier son émis par l'ordinateur la hantait.

Peep… paap… papaaa…

Elle essayait de raisonner.

Cette gamine n'existait pas. Ce n'était qu'un programme, un assemblage de modules informatiques que la folie et le désespoir de Serret avaient transformés en créature hybride. Une machine, rien de plus.

Elle voulait le croire.

Ils restèrent silencieux un instant, comme abasourdis par ce qu'ils venaient de vivre.

Isabelle tourna la tête vers son équipier :

– Comment m'as-tu retrouvée, toute seule là-haut ?

Il sourit :

– Demande ça à Jérôme.

Son ami lui caressait les cheveux.

– Quand je suis rentré, j'ai vu que tu n'étais plus là et j'ai remarqué la pendule de ton père ainsi que les lettres qui traînaient sur une table. Je suis désolé, je n'ai pu m'empêcher d'y jeter un coup d'œil.

– Tu pensais que c'étaient celles de mon amant ?

Il rit.

– Je suis un peu jaloux de nature, tu ne fais pas une découverte. J'en ai déduit que tu avais filé au box. C'est ce que j'ai dit au commandant Charolle quand il est venu sonner à la maison dans la nuit.

L'autre ajouta :

– Une patrouille a remarqué une voiture à l'écart, il y avait du sang à l'intérieur. C'était au pied de la butte Sainte-Anne. Je t'ai pratiquement suivie à la trace. Au même moment, un locataire de l'immeuble où tu te trouvais appelait la police, croyant à un cambriolage. J'étais sur place, je me suis rué immédiatement à l'intérieur.

Elle lui décocha un sourire attendri :

– Je t'ai fait courir, gros nounours. Tu t'en rappelleras de tes derniers mois à la PJ.

Il haussa les épaules :

– S'il n'y avait que ça. Il s'en est passé de drôles, cette nuit. On est plusieurs collègues à avoir eu des déboires : certains se sont fait taguer la façade de leur domicile, d'autres ont reçu un courrier menaçant dans leur boîte à lettres. Moi, j'ai eu de la visite : un cinglé qui jouait les hommes de main pour le compte de *Tiego*.

– Le trafiquant de drogue ? Je croyais qu'il croupissait en prison pour encore un paquet d'années. Comment t'a-t-il logé ? Tu es sur liste rouge.

– Je ne sais pas, mais j'imagine que Serret était à la manœuvre. Ce genre de « pressions » lui ressemble bien. L'ANSSI nous a signalé la résurgence sur internet d'un site miroir de COPWATCH. Ils ont remonté l'adresse IP de la bécane qui était derrière, et ils sont tombés sur des traces numériques rappelant étrangement celles d'un des *rootkits* de M4STER SHARK.

– Et tu n'es pas blessé ? Ta famille ?

– Ils vont tous bien. Notre agresseur est mort, blessé par la flèche que je lui ai décochée !

– Les « bœufs » vont t'entendre ?

– C'est la procédure. Je suis convoqué pour la fin d'après-midi.

– Bon courage, en ce cas.

Il lui fit un signe de tête :

– Dans les jours qui viennent, je vais m'atteler au compte rendu d'enquête. Le problème, c'est que Serret est sur la touche. Il y a une question que je voulais lui poser…

– … Pourquoi s'en être pris aux jumeaux Pelland ? compléta Isabelle. Moi aussi, j'aurais bien aimé connaître le fin mot de l'affaire.

72

Le brigadier Hugo Esservia prit l'ascenseur pour rejoindre le hall de l'hôtel de police.

Alice Pelland l'attendait sur une chaise, accompagnée de Rémi Delorme qui pianotait sur son ordinateur. En les apercevant de loin, le brigadier marqua le pas, puis tourna vers la droite. Il se trouvait en dehors de leur champ de vision. Dans sa tête, quelque chose venait de tilter.

C'est absurde, mais ça vaut le coup de vérifier.

Il se pencha par-dessus le comptoir où un jeune gardien de la paix accueillait le public.

– Tu peux m'appeler la salle de trafic, s'il te plaît ?

En voyant Hugo arriver, la veuve se leva.

– Ce ne sera pas trop long ? demanda-t-elle. Monsieur Delorme doit recevoir des clients importants en fin de matinée, il m'a recommandé d'assister à cet entretien.

– Non, rassurez-vous, une dernière audition avant de vous laisser tranquille. Monsieur Delorme peut vous accompagner, il suffira qu'il patiente dans le couloir à côté de mon bureau.

À l'étage de la PJ, les équipes de l'ANSSI avaient fait merveille. Le réseau informatique, purgé jusqu'à la moelle, était de nouveau opérationnel. Plus aucun fil ne pendait, certains murs étaient repeints de frais. En apparence, rien de toute cette terrible histoire n'était arrivé. Pourtant, les souvenirs de Guérin et de Metivier étaient dans tous les esprits.

L'audition d'Alice Pelland dura une vingtaine de minutes. En signant son procès-verbal, la veuve était partagée par des sentiments contradictoires : soulagée d'apprendre que Serret était hors d'état de nuire mais révoltée à l'idée que son placement, même temporaire, dans une unité psychiatrique puisse le mettre à l'abri des foudres de la justice.

– Mais pourquoi s'en prendre à mon mari. Et à son frère ? Pourquoi eux ?

Hugo n'avait pas la réponse.

– Sa machine l'a peut-être dirigé sur une fausse piste, elle aurait pu échapper à ses ordres, elle pouvait agir de façon autonome. Désormais, ni lui ni elle ne représentent plus le moindre danger.

Il prit tout son temps avant de poursuivre :

– D'une certaine façon, c'est grâce à votre mari que nous l'avons repéré. Nous lui devons bien ça.

Il appuya sur une touche de son téléphone, puis proposa à Alice Pelland de la raccompagner.

Rémi Delorme attendait dehors.

– Comment se porte *AI Climate* ? lui demanda Hugo d'un air enjoué.

Avant que l'homme ne réponde, Alice lança :

– Monsieur Delorme m'a rendu un grand service. Il a accepté de gérer mes parts en mon nom.

– C'est très charitable à vous, ajouta le policier.

Delorme précisa, la tête haute :

– Mon père a fondé cette entreprise, et longtemps j'en ai été l'actionnaire principal ; c'est encore moi qui la connais le mieux.

– Et qu'en est-il de la proposition de rachat de votre société par cette agence américaine ?

La question surprit Delorme.

– Ce n'est plus à l'ordre du jour.

– Ah ! Je croyais que c'était le souhait des deux frères : vendre aux Américains et s'installer dans la Silicon Valley.

– Je n'ai guère envie d'aller m'expatrier, lâcha Delorme. Maintenant, si vous permettez, notre rendez-vous…

Il allait tourner le dos quand il vit une jeune femme arriver dans sa direction. Un homme en costume se trouvait près d'elle. C'était Rémi Tardy.

Hugo fit les présentations. Il venait de prévenir sa responsable hiérarchique en appelant sur son téléphone, une fois l'audition d'Alice achevée.

– Commissaire Rouhand, notre chef de service, ce monsieur qui l'accompagne est officier à la DGSI.

La taulière s'adressa à Delorme :

– Nous sommes désolés, mais nous allons devoir vous demander de rester quelques minutes supplémentaires.

– Pour quelle raison, je vous ai dit que j'étais pressé. En plus, je n'étais même pas convoqué, ce matin.

– Justement, nous envisagions de le faire. Vous n'ignorez pas que nous avons subi une grosse attaque informatique. Je vois que vous possédez un ordinateur, et compte tenu du profil et des compétences de Samuel Serret, il est vraisemblable que votre machine ait été contaminée. Nous devons vérifier ça.

– J'en ai besoin pour mon entretien !

Tardy secoua la tête :

– Nous pouvons décontaminer votre PC afin de nous assurer que tout est en ordre. C'est l'affaire de quelques minutes. Après, vous serez libre.

– Impossible, siffla l'autre.

– C'est une bonne idée, osa la veuve. Si votre bécane a un problème, mieux vaut éviter de la connecter au réseau d'*AI Climate* !

Le visage de Delorme devint livide. Celui de Rouhand s'était durci.

– Je vous suggère de nous remettre votre machine dès à présent, monsieur Delorme.

L'autre se laissa glisser sur sa chaise. Il serrait l'ordinateur contre son corps.

Hugo vint se poster devant lui, bras croisés :

– Il y a quand même un truc bizarre et pas très net avec cet ordinateur.

Delorme transpirait.

– Pourquoi installer le logiciel TOR sur votre PC ?

– Ce programme permet de masquer ses traces sur internet, beaucoup de terroristes l'utilisent, expliqua Tardy.

– Il y a aussi une application pour payer en cryptomonnaie, ajouta Hugo. Très pratique pour faire des achats illicites sur le darknet.

Il jeta un regard froid à l'actionnaire.

S'il décide de se lever et de partir, on ne pourra pas le retenir.

C'est le moment de lui mettre la pression !

– Vous pouvez rentrer chez vous, mais votre ordinateur doit être inspecté auparavant, répéta calmement Ludivine Rouhand.

Delorme était acculé.

– On ne va pas jouer au chat et à la souris, monsieur Delorme. Nous avons remonté les communications passées entre le PC de Serret et plusieurs dizaines d'adresses IP. Une d'elles correspond à votre machine. L'heure des explications a sonné, vous ne croyez pas ?

L'actionnaire était déconfit.

Un silence.

La commissaire posa une main sur son épaule.

– Monsieur Delorme, vous êtes en garde à vue. Le brigadier Esservia va vous communiquer vos droits.

Alice Pelland était sidérée.

Épilogue

Debout devant la vitre du bureau de Rouhand, Le Gall observait le trafic automobile. Dans le petit jour, les phares perçaient le brouillard de leurs halos jaunâtres.

Le directeur interrégional de la PJ parla sans se retourner :

– Comment votre homme a-t-il su pour Delorme ?

Ludivine rangeait un dossier dans son armoire blindée. Elle était vêtue d'un tailleur sombre.

– Esservia l'a trouvé assis dans le hall, pianotant sur son ordinateur. Comme il était juste en dessous d'une caméra, l'idée lui est venue d'appeler la salle de trafic pour que l'opérateur zoome sur l'écran du PC. Le collègue a sorti une capture d'écran et c'est là que le brigadier a remarqué les icônes des programmes de cryptomonnaie et de connexion anonyme. Dès lors, tout prenait sens.

– Et le lien entre l'ordinateur de Serret et celui-ci ?

Elle lissa du plat de la main un pli sur sa jupe.

– C'était du bluff : pas d'adresse IP. On n'avait rien contre Delorme, mais il était là, venu nous voir de lui-même. Une opportunité pareille ne se reproduirait pas, c'était évident. Alors, on a tenté le tout pour le tout.

– Ses aveux suffiront ? Le juge a déjà demandé à l'entendre.

– Je ne doute pas qu'il soit mis en examen. Ses confessions sont circonstanciées, et il a besoin de soulager sa conscience. Faire exécuter ses patrons était une chose, voir la liste des victimes s'allonger en était une autre. La mort de deux policiers, d'une femme handicapée et d'un gardien de dépôt-meuble, n'était pas dans ses intentions ; il a été dépassé par le cours des événements.

– C'est Delorme qui a contacté Serret ?

– Oui, sur le darknet ; il l'a recruté comme homme de main. Son job était de liquider les deux frères. Quand il a compris que son interlocuteur touchait sa bille en informatique, l'idée lui est venue de parler des stimulateurs cardiaques. La suite, on la connaît, hélas !

– Mais pourquoi Serret s'en est-il pris à l'hôtel de police ?

– C'est un des mystères de ce dossier. Peut-être que, dès le départ, il se doutait que l'enquête serait confiée à la PJ. Alors il a pris les devants en manipulant ce pauvre Metivier. Il voulait qu'il soit ses yeux et ses oreilles.

– En fait, conclut Le Gall, si Serret n'avait pas habité à Nantes, rien de toute cette histoire ne serait arrivé.

Ludivine jeta un coup d'œil vers la pendule, au-dessus de la porte.

– La transaction s'est faite par messagerie chiffrée, poursuivit-elle. Le hacker s'est fait recruter sur une plateforme déjà signalée par Europol ; elle embauche parfois des mercenaires, d'anciens miliciens serbes… et des hackers, manifestement.

– C'était quoi, le tarif ?

– 15 000 euros pour une personne, 25 000 pour les deux.

– Un prix de gros… Pourquoi Delorme en avait-il après les jumeaux ?

Ludivine attrapa un parapluie.

– Si on ne veut pas être en retard à la cérémonie, il faut partir dès maintenant. Je vous raconterai la suite en route.

Des policiers en costume attendaient en bas.

Le commissaire Guérin était originaire de Pornic, sa famille y possédait un caveau dans le cimetière, près de l'océan.

Trois véhicules convoyaient des collègues. Ludivine conduisait l'un d'eux.

– On sait déjà que c'est le père de Delorme qui a créé *AI Climate*. À son décès, son fils a hérité de tout le capital. C'était un bon ingénieur, il est parvenu à améliorer la technologie déjà conçue avant lui : une intelligence artificielle capable d'anticiper certaines catastrophes climatiques. Le principal problème devenait financier. Delorme était un piètre gestionnaire. Il a enchaîné de mauvaises décisions avant de plonger les comptes d'*AI Climate* dans le rouge. Les dettes s'accumulaient, les banques se faisaient pressantes. Il s'est résigné à ouvrir le capital de son entreprise, à partager le petit bijou imaginé par son père.

– C'est là que les frères Pelland entrent en scène.

– Exact.

Il y avait des bouchons sur le pont de Cheviré. Sur la droite, une tache sombre sur la rambarde, les traces d'un incendie à l'endroit où Audric avait trouvé la mort.

– Les jumeaux firent merveille, ajouta Ludivine en passant une vitesse, mais Delorme ne partageait pas leur ambition. Les premiers voulaient vendre *AI Climate* aux Américains, si possible à un des géants de la Silicon Valley, et réaliser une jolie bascule lors de la transaction. Delorme préférait que l'entreprise reste en France. Ces divergences ont créé une vive tension dans la société. Les déclarations de plusieurs salariés l'attestent.

Le Gall soupira :

– J'imagine que pour Delorme, obéir aux deux frères était terriblement humiliant. Avant, c'était lui le boss. Mais, de là à vouloir leur mort…

– Il faut dire que Delorme n'était pas très net avec les comptes de son entreprise. On a demandé aux collègues de la Financière d'examiner ceux d'*AI Climate* au moment de la reprise par les Pelland. Vous verrez, c'est dans la synthèse. Il est apparu que Delorme flirtait allégrement avec l'abus de bien social. Les jumeaux l'ont peut-être découvert ?

Le convoi arriva à l'entrée du cimetière.

* *
*

Isabelle enfilait maladroitement son jean noir.

– Tu as besoin d'aide ?

Jérôme se tenait près d'elle.

Elle fit non de la tête. Elle avait retrouvé ses forces et passé suffisamment de temps dans cette chambre d'hôpital.

Son ami lui tendit une chemise et une veste.

– Tes collègues ont appelé quand tu étais sous la douche.

– Qui ?

– Christian et Hugo. Ils t'attendent sur le parking.

Une pause.

– Tu es certaine de vouloir y aller ?

– La dernière fois que je l'ai vu, il était allongé dans un lit comme celui-là, dans ce même hôpital. Je tiens à lui dire au revoir.

Dans le couloir, elle s'appuya sur son épaule. Ils attendaient l'ascenseur quand un interne s'arrêta à leur niveau. Il consulta un dossier :

– Madame Mayet, vous nous quittez aujourd'hui ?

– Oui, je libère la chambre, sourit-elle.

Il referma la chemise.

– Toutes mes félicitations, en tout cas.

Elle le regarda, incrédule.

– À propos de quoi ?

L'étudiant en médecine parut gêné :

– Pour le bébé…

Jérôme s'adressa au stagiaire en tenant Isabelle par la taille :

– Vous ne vous êtes pas trompé de personne ?

Il vérifia dans son dossier :

– Nous avons fait un check-up complet lors de votre admission, il y a eu une prise de sang et nous avons remarqué le taux élevé de béta-hCG.

Isabelle sentit ses jambes flageoler. Jérôme la serra fort contre elle.

La tête blottie contre son épaule, elle pleurait doucement.

* *
*

Devant le cimetière de Pornic, une vingtaine de berlines garées en épi. Pendant qu'Hugo claquait la portière, Charolle déplia son parapluie. Dans le ciel, de gros nuages lourds de pluie. Isabelle lui tenait le bras. Elle se sentait encore faible. Au bout d'une allée, elle remarqua un groupe d'hommes et de femmes. La plupart étaient des fonctionnaires de la DGSI, mais on comptait aussi des policiers de tous grades en provenance des services locaux. Quelques têtes connues. Charolle salua le patron qui allait le diriger au sein du Renseignement territorial.

On mit le cercueil en terre.

Isabelle pensa à son père et à cette femme qui lui écrivait des lettres enflammées et dont la vie s'était brisée dans un train. À sa mère aussi, qui lui avait caché cette liaison ou qui en avait peut-être tout ignoré.

Autour d'elle, les silhouettes se dispersaient. Elle demanda à ses collègues de l'attendre dans la voiture.

Seule devant le carré de terre, elle plongea une main dans sa poche et en sortit une clef. C'était celle que Serret portait autour du cou, celle qui devait libérer Molly.

Isabelle la laissa près d'une couronne déposée par la PJ de Nantes.

Une boule pointait dans sa gorge.

– On y est arrivés, monsieur. Et grâce à vous !

Une bourrasque la fit frissonner.

Au milieu des allées, il lui sembla entendre des sons articulés, tendres, fragiles et sauvages à la fois, comme désespérés.

Ce devait être le fruit de son imagination.

Moooooollllyyyy…

Notes de l'auteur

À l'exception du programme SITOM, toutes les technologies décrites dans ce roman sont réelles. Elles ne sont que le reflet de la révolution numérique qu'incarnent l'internet à haut débit, les objets connectés ou les réseaux sociaux. Dans un même temps, la cybercriminalité pousse les policiers à s'adapter en permanence aux nouvelles menaces. L'examen des objets connectés présents sur une scène de crime tend à devenir aussi banal que la recherche de traces papillaires.

En 2016, dans l'Arkansas (États-Unis), un homme a été retrouvé étranglé et noyé dans sa baignoire. Alors que le propriétaire des lieux nie être l'auteur du meurtre, les enquêteurs ont découvert plusieurs appareils connectés à son domicile. C'était le cas de l'assistant vocal « Alexa » : une intelligence artificielle nichée dans une enceinte reliée à internet et conçue par le groupe Amazon. Muni de plusieurs microphones et branché en permanence, « Alexa » avait diffusé de la musique le soir du meurtre, réagissant à la voix d'un homme. À qui appartenait cette voix ? Les enquêteurs ont adressé une réquisition judiciaire à Amazon pour le savoir.

Outre-Atlantique toujours, des intelligences artificielles aident la police à anticiper des crimes. À Modesto, en Californie, le programme PredPol utilise les bases de données de la criminalité pour dresser une carte des « points chauds » de la ville et prédire, grâce à la technologie du Big Data, la survenue d'incidents. L'organisation des patrouilles de police peut ainsi être optimisée.

Du côté des menaces, on rappellera qu'il y a quelque mois, un « super logiciel malveillant », nommé Mirai, est parvenu à infecter près de 146 000 caméras de surveillance pour les utiliser ensuite comme vecteur d'attaque informatique. À l'évidence, Molly n'est plus très loin…

Si le projet SITOM n'existe pas à proprement parler, une table ronde consacrée à « l'avenir de la guerre » s'est tenue au Forum économique mondial de Davos en 2017. Des experts ont déclaré que de plus en plus de missions sont déjà confiées à des robots et que, très bientôt, on utilisera des « systèmes d'intelligence artificielle capables de modifier en cours de mission leurs propres règles d'engagement » (AFP, 18/02/2017). Dans la même veine, Thierry Berthier rapportait dans un article du *Point* que l'actuelle directrice de la communication du groupe russe Kalashnikov venait d'annoncer que la firme « s'engageait dans la production de drones de combat autonomes dotés de capacité d'apprentissage par réseaux de neurones capables de reconnaître les cibles et de prendre des décisions autonomes, dont celle de l'engagement ».

Quant à l'ANSSI, évoquée dans le roman, elle a publié en 2017 une note pour alerter les internautes dont les ordinateurs sont équipés du système d'exploitation Windows 10 et de *Cortona*, une intelligence artificielle obéissant à la voix. Elle aurait la fâcheuse tendance à vouloir tout connaître de ses utilisateurs grâce à ses nombreuses fonctions : lecture et envoi des courriels à la place de l'internaute, exécution de programmes, recherche sur internet, enregistrement des commandes à la voix, géolocalisation, etc.

L'intelligence artificielle inquiète aussi les chercheurs de Google qui réfléchissent à un bouton d'urgence censé bloquer une IA avant qu'elle ne devienne hors de contrôle. Si tous les objets connectés sont vulnérables par définition, que dire des pompes à insuline et des pacemakers « intelligents », ouverts aux réseaux sans fil ? La question de leur cybersécurité fait l'objet d'une actualité brûlante. L'Agence américaine des médicaments (FDA) a rappelé tout récemment un demi-million de stimulateurs cardiaques fabriqués par une société américaine. En cause, des failles trouvées dans les algorithmes d'authentification des prothèses susceptibles de les exposer à des cyberattaques.

Du même auteur

Le Vallon des Parques, Éditions du Toucan, 2013
La Trace du Silure, Éditions du Toucan, 2014
Un Parfum de Soufre, Éditions du Toucan, 2015
Sous la Ville, Éditions du Toucan, 2016
Pire que le Mal, Éditions du Toucan, 2017

En savoir plus : http://sylvainforge.webnode.fr/
Facebook : Sylvain Forge – Auteur

PRIX DU QUAI DES ORFÈVRES

Le Prix du Quai des Orfèvres, fondé en 1946 par Jacques Catineau, est destiné à couronner chaque année le meilleur manuscrit d'un roman policier inédit, œuvre présentée par un écrivain de langue française.

• Le montant du prix est de 777 euros, remis à l'auteur le jour de la proclamation du résultat par M. le Préfet de police. Le manuscrit retenu est publié, dans l'année, par les Éditions Fayard, le contrat d'auteur garantissant un tirage minimal de 50 000 exemplaires.

• Le jury du Prix du Quai des Orfèvres, placé sous la présidence effective du Directeur de la Police judiciaire, est composé de personnalités remplissant des fonctions ou ayant eu une activité leur permettant de porter un jugement qualifié sur les œuvres soumises à leur appréciation.

• Toute personne désirant participer au Prix du Quai des Orfèvres, peut en demander le règlement au :

Secrétariat général du Prix du Quai des Orfèvres
36, rue du Bastion
75017 Paris

Site : www.prixduquaidesorfèvres.fr
E-mail : prixduquaidesorfevres@gmail.com

La date de réception des manuscrits est fixée au plus tard au 15 mars de chaque année.

Composition et mise en pages
Nord Compo à Villeneuve-d'Ascq